文
景

Horizon

日系 | Horizon

社科新知 文艺新潮

最后的儿子

最后の息子

[日] 吉田 修一 ——著　刘姿君 ——译

上海人民出版社

最后的儿子

我用摄像机拍着“总统”的名字第一次出现在这本日记的那一页。透过摄像机而不是用肉眼，看着摊开在餐桌上的日记。不是我自夸，我认为我的字，尤其是有棱有角的汉字，左右匀称又端正，充满知性的品格，即使在特写镜头下也很耐看。偶尔标点的位置有点歪，不过这也可说是一种颇具魅力的缺点。

镜头里特写放大的文字，可能是笔压太强的关系，犹如走进没有出口的迷宫，深深陷入白色的纸面。

在回溯至半年前的日记中找到了总统的名字第一次出现的那一页。当然，他是以本名出现的。

我拿起修正液，把他的名字仔细涂掉。在涂掉的地方，以我向来强而有力的笔触填上“总统”。

把他这半年来出现在日记里的名字全部改写，并没有花多少时间。他守了二十天的隐私，我想用这个方法继续保护下去。

今年夏天的第一个热带夜[1]，总统被活活打死了。他死了，不知道从那晚起热带夜会一连持续二十天。

听阎魔说，他和一个朋友骑脚踏车到K公园。和朋友分手之后，大概是跑到足球场边的树丛底下找人帮他口交吧，听说他的尸体被发现的时候，弄脏的内裤紧紧缠在脚踝上。听到这件事时，我忍不住想象他的背被许多人践踏、脏得像猪的样子。

我和总统是在阎魔的店里认识的。忘了是什么时候了，有一晚他曾经说过这样的话：

"去K公园的时候，我不会带驾照之类能借以辨认身份的东西。就连录像带出租店的会员卡我都会事先抽出来。要是不小心掉了，事后被别人拿来恐吓，那就糟糕了。"

但是，"多亏"了他这份细心，他被打死之后的第二十天晚上，警察才好不容易查出他的身份。

我把拍了日记的录像带快进了一些。里面拍的是之前我和阎魔吃饭的样子。我们坐在餐桌边的老位子，阎魔拿叉子埋头卷意大利面，而我在对面拍。

镜头对准卷不起来的意大利面，以特写不断跟拍。画面里叉子和盘子碰撞的声音越来越响，突然之间，"你够了没有！"

1　夏天夜晚最低温仍高于25摄氏度。

阎魔的喊声让画面震了一下。

即使如此，我还是照拍不误。拍阎魔在喊完之后，把玻璃杯底剩下的红酒一饮而尽，慢慢重新拿起叉子。

“请看，即使如此我们还是会饿。昨天晚上，我们知道一个朋友被杀了，但我们喝的红酒还是高档货。”

我低级的旁白，让自己也不寒而栗。在我滔滔不绝敷衍了事的旁白之中，阎魔努力继续吃，而我也把东西吃得一干二净。

这段用餐的情景突然中断，出现了日记的影像。翻页的声音干干的，活像踩在枯叶上的声音。画面里翻页的手指停在最后一页。这一页是我刚知道总统被打死之后，纵情狂书乱写的一页。比平常更有力的文字，极尽所能地咒骂那些打死总统的人。

画面拍出的每一个字，越看越像那些人的脸。这个想法一出现，这些文字就变得极度丑陋、极度下流。

这时，我从笔记本的接缝扯下这一页，将扯下的纸张揉成一团，走向厨房。打开厨余垃圾的袋子，仔细拍下内容物之后，再将捏在手里的纸团用力塞进洋葱渣里。

摄像机最后拍的就是这个场景。因此现在我手边的日记本里，已经没有关于那些人的一页了。“猎杀男同志”打死总统的那些人，理他们也是白搭、光想到就令人作呕的那些人，写有他们的那一页第二天早上便跟着厨余垃圾一起被扔掉了。

阎魔的店在新宿一带。走路五分钟，就有伊势丹，还有淘儿唱片。不过，阎魔的店没有会员卡。就普通人来说，那只是一个大家都听说过的某个地方的某家大致可以想象的店。阎魔的店就是一家这样的店。

阎魔的店有形形色色的人出入，其中喜欢跟风追星的阎魔最欢迎的，就是出手大方的艺人。有天晚上，演歌歌手MK来了。她和阎魔似乎是旧识。MK看起来比电视上年轻。可能是没有穿和服的关系，如果不是阎魔介绍，我根本不会注意到坐在我身旁的那名女子就是MK。

那天晚上，她展现阔绰的一面，点了外卖寿司请我们这几个在她身边的客人。我还记得，吧台内已经酩酊大醉的阎魔独占了鲑鱼子寿司。

天快亮时，我们不知不觉谈起K公园猎杀男同志的事。

“上星期好像又有一个年轻人被弄瞎了呢。”

阎魔向MK如此感叹的时候，有客人进来了。这名青年很自然地在我旁边坐下。

“你们在说什么？”

青年很随和地问我。我没见过这个客人，他左边眉毛上有道深深的伤痕，只有那块地方没有眉毛。我意识到自己很不自然地移开了视线，就像看到掉在路边的色情照片，立刻转移视线一样。

我什么都没有说，阎魔代替我回答了。

“就是上星期K公园的事啊。”

“哦，有人被弄瞎的事？”

“对呀！你也听说了吧？我就是反对暴力！暴力太低级了！最好是叫那些对别人施暴的家伙全都住到一个小岛上去，看是要打架还是打仗，爱怎么打就怎么打。然后，我们来创造自己的国家，我们一定可以创造一个很好的国家。对了！你来得正好，你就来当我们国家的总统！”

被烂醉如泥的阎魔点名的，就是坐在我旁边的客人“总统”。

如果我没记错，阎魔是在我来投靠的第二个星期从当铺买了二手摄像机回来。我泡在浴缸里，舒舒服服地唱着绿洲乐队的《Wonderwall》，卷起裤脚的阎魔捧着摄像机走进来。

“来！看这边哦。”

说着阎魔开始拍摄，我不好意思地对他微笑。

“真像新婚夫妇。要是我再抱着婴儿，完全就是一个甜蜜家庭了。”

“别说了。光想到婴儿就让我神经衰弱。”

即使是透过摄像机，阎魔的声音还是喝酒过后哑哑的声音。

卷起裤管的阎魔，模样实在令人难以恭维，但在画面里的我，却显得很幸福。

我想起那时候，的确觉得捧着摄像机的阎魔好像是抱着小宝宝的妻子，忍不住想对着镜头说“是爸爸哦”。

在影片里，阎魔说：“我喜欢你刷牙的样子。”

然后又说，我的刷法很像这辈子第一次要接吻的男孩。

镜头里的我，一边用力乱漱口，一边回嘴：“那种男生哪有我这种舌功？”

把这时候的带子播出来看，就知道拍的全都是我。我想，我果然曾经被爱过。我没有炫耀的意思，更何况要被爱很简单，但是要一直被爱却异常艰难。

我想我狡猾的地方，就是明知道这一点却装作不知道。好比说，我明知道平常用的玻璃杯是巴卡拉[1]制的，却装作不知道，说“这个看起来好贵哦”。我利用这种故作无知，好让阎魔觉得我有种藏也藏不住的气质。可是，到头来，我所藏起来的，不是与生俱来的气质，而是让人爱我的手段，一种经过精心计算的卑鄙手段罢了。

有一次，阎魔拿五千日元叫我去剪头发。但我第二天呢，并没有拿那笔钱去剪头发，而是买了一件衬衫给阎魔。

结果，我留长的头发，由世界上最幸福的美发师在这个房间里帮我剪掉。而像这样的夜晚，更让我清清楚楚地明白自己并不爱阎魔。

这时候镜头里的我——由阎魔剪着头发、映在镜子里的自己——露出了领悟到这件事的男人既卑劣又不负责任的

1　法国著名水晶玻璃制造商，其玻璃杯在日本为极受欢迎的高级货。

开朗。

阎魔的店极少有女客，但那天却来了一大群。一问之下，原来是阎魔在进这行之前工作的公司同事。那是一家卖办公用品的普通公司，我无法想象阎魔以前是个什么样的上班族，但我觉得辞掉那里的工作是对的。

女人们以远远称不上高雅的声音开始说话。不高雅的不是言语本身，而是恐怕她们每天的生活就不高雅。

“不过，情侣双方都是男生，光想就觉得怪诞。”

“如果是美少年还好。不过，一想到是阎魔就……还是很怪诞。”

阎魔正把冰块加到玻璃杯里。

“哦，拜托！怪诞这个词本来可是从怪诞艺术来的。[1]而怪诞艺术，小姐们，主题可是贝壳哟！我又没有贝壳，要怎么怪诞呀！怪诞的是你们才对！”

这时候阎魔也已彻底醉了，不过我要毫不脸红地说，我最喜欢喝醉的阎魔了。

我想，我会在这里住下来的最大原因，一定是这一点。阎魔因工作关系，每晚都会喝醉，不过他有很多不同的醉法。如果问我最喜欢哪一种，我会毫不犹豫地举出这样的

---

1 grotesque，将人、植物、动物以奇异的方式组合在一起的艺术形态，亦可作为形容词，即怪诞。语源为意大利语grotto，为人工挖凿并以贝壳装饰的洞室。

夜晚。

那是MK第二次出现在店里的时候。喝醉的阎魔又在说他的独立宣言。阎魔的国家独立宣言，我怎么听都听不腻。非但百听不厌，甚至打从心里渴望成为那个国家的国民。

“我们要创造我们的国家！我要先声明，我们放弃所有的战争。不管是打仗、内战，就连夫妻吵架也不准。哎呀，不对哦，本来就全都是男人，没有夫妻吵架……反正，当然也绝对不要有飞弹和战车。要是啊，邻国开发了新型飞弹，我们也不会像爱慕虚荣的女生那样跟人家比。就算有哪个国家的大帅哥在我耳边甜言蜜语，说：‘我会保护你一辈子，你买手枪给我好不好？’我也不会像花痴一样，把钱捧出来给他。反正，我们的国家手无寸铁，没有任何武器！”

喝醉的阎魔慷慨激昂地道出这番宣言。

不知何时已成为酒伴的总统也在我旁边听阎魔的独立宣言。我和总统也醉得不轻，我们喝酒的那股猛劲活像在“围墙”上开瓶庆祝的德国青年。[1]到天亮时分，虽然已经没有半个客人了，阎魔还在继续演讲，我从厕所回来的时候，他正缠着总统不放。

“你是总统，要发表宣言。”

1　指一九八九年柏林墙倒塌时的情景。

"不要，太傻了。我要把独立宣言交给代理发言人。"

不愿意发表宣言的总统逃进厕所，拿他没办法的阎魔又开始说话。MK以两分钟一次的频率从梦中醒来。

"我是这个国家的代理发言人。总统现在去上厕所了。如果有别国想要危害我们，就先冲着我来。我们的国家就跟我的身体一样。你尽管来揍两拳试试看。人的身体很柔软，一张纸也能造成伤害。如果一直被踹，人就必死无疑。我们的国家住的都是这样的人。如果你想加害我们的国家，不需要野蛮的行为。集体屠杀是无意义的。因为我们的国家就像人类的身体一样柔弱！"

我独自为这段演讲拍手，然后站起来去上厕所。等我从厕所回来，换了总统正经八百地说："可是既然要创造国家，就要先想名字。"他好像也醉得厉害。

"说的也是，要先想名字……"

我正准备坐下的时候，MK突然爬起来。

"叫鲑鱼子，国名就取鲑鱼子，因为你每次都一直吃鲑鱼子。"

她喃喃地说完之后，又睡着了。一开始愣住的阎魔也说："哦，鲑鱼子啊，感觉像是出产石油的国家呢。"于是采用了她的意见。

我在阎魔家里的生活，用"状态还不错的病人"来形容再贴切不过了。每天睡到快中午才起床，到傍晚这段时间就看看书、散散步，到了五点，阎魔会到附近的丸正超市去买东西，我就悠哉地泡我的澡。洗好澡的时候，阎魔的菜也做好了。我要声明，阎魔做的菜凡是吃过的都说好，好到电视台的烹饪节目差点来采访。我说差点，是因为后来没有来，而且理由实在可笑。据说就在要开拍的时候，愚蠢的赞助厂商大人说，人妖做的菜光是想想就倒胃口。亏阎魔还用电视台给的钱买了一堆活螃蟹。

那天，阎魔虽然嘴上说着“光是省一顿饭钱就算赚到了”，但背影还是显得很落寞。

阎魔叫我去罗森便利店买橙醋，回来的时候，厨房里人蟹大战方酣。我提着便利店的袋子，就这样站在他身后。

“真有魄力。”

你来我往的攻防战持续了一阵子。

“现在不要跟我讲话！”

阎魔尖叫着，张牙舞爪地想把活螃蟹按在砧板上。这时候，我蓦然感到一阵心酸。不是因为阎魔遭赞助商拒绝的背影，而是对看着这个背影的自己突然觉得心酸。我无法说明原因，只是突然觉得心酸。

“我也来放手大闹一场好了。”

我没来由地这么说，阎魔回答：

“你就闹吧！我会镇住你的！”

我们俩吃完晚餐，阎魔照常出门工作。那天，我没有拿摄像机出来拍。

有一段影片拍的是窗外的雨。雨似乎从早上就开始下了。这天，我将订书机的针啪叽啪叽压出来到处乱丢，就这样过了半天。这是右下方出现的摄像时间准确无误地告诉我的。

“踩到不是很危险吗！”

买东西回来的阎魔立刻扯着嗓子骂人。不过我还是不肯放开订书机和摄像机。

“订书机不是拿来这样用的！”

“你看过说明书吗？”

“……没看过。”

“做出全世界第一挺机关枪的，就是这家订书机公司。”

“那又怎么样？”

“所以……就是说，任何事都不能掉以轻心。”

看了这一幕，我不禁怀疑起阎魔看男人的眼光，竟然让我这种男人住在家里。

放弃没收订书机的阎魔，到厨房开始做饭。不知道有什么开心事，轻快地哼着歌。窗外依然下着雨，我还是到处丢订书针。

看了一阵子录像带，我从副歌听出阎魔哼的是《水唇膏》[1]。我像被歌声吸过去似的，边拍边走进厨房。锅子里的炖肉出现在画面里。

---

1 「水のルージュ」，日本歌手小泉今日子于一九八七年推出的畅销曲。

"喏，如果要跟女孩子结婚，你想跟什么样的女孩子结婚？"

画面没有拍问这句话的阎魔。我将手指伸进炖肉里尝味道。

"……喏，你想跟什么样的女孩子结婚？"

"这个嘛，很会哼歌的女孩子。"

我以不正经的声音这么回答。阎魔还是继续炖肉，却不再哼歌了。

我在客厅沙发上等炖肉做好的时候，突然想泡个热水澡。我放下摄像机走到浴室。打开浴缸盖一看，昨晚的洗澡水已经变凉了。看着弄脏的泡澡水和浮在上面的几根头发，我突然心生怒火。这时候我清清楚楚地领悟到，不管是我的身体还是阎魔的身体，人的身体都是肮脏的。而这个装了泡澡水的浴缸，正是埋藏我们两人污垢的棺材。

我放掉泡澡水，清洗浴缸。我全神贯注地，像着了魔似的拿海绵将污垢刷掉。粘在上面的污垢，与在这种地方跟这种人妖生活的我自己重叠了。

我脱得只剩下一条内裤，拼命刷浴缸，猛地回头一看，阎魔正拿着摄像机拍我。我背上一定有着另一张脸。

"人家辛辛苦苦把炖肉做好，你就吃了再来洗嘛！"

阎魔撒娇说道。

照理说我的背这时候应该被拍了下来，却怎么找也找不到。一定是阎魔洗掉了。阎魔有时候有些病态的小气。对于主张“同样的影像只要有一个就好！”的阎魔，我无从抵抗。就好像阎魔买给我的各种东西里头，我只退过一样。

“我讨厌大刷头的牙刷。我要刷头小的。我记得好像是锐致这个牌子。”

我这么说着，要阎魔去买新牙刷。阎魔叫我自己去买，我却坚持说，无论如何都应该是阎魔帮我买来替换才对。这虽然是件鸡毛蒜皮的小事，但对生活在这里的我却非常重要。

从小，我就有想讨某人喜欢的坏习惯。初中的时候，我也拼命想让一个朋友喜欢我，现在对于那样的自己，甚至有几分心疼。

那个朋友很特别。至于是哪里特别呢，首先，大家都怕那个名叫右近的少年，暗地里叫他“女头目”，这么一说就很清楚了吧。

事实上，他的言行的确很像女生。但相对地，他对服装很有品位，像我这种乳臭未干的小鬼听都没听过的音乐和电影，他却如数家珍。

所谓服装的品位，说穿了也只是运动夹克和几个颜色的套头运动衫搭配而已，但即使如此，在那时候的我眼里看来，他以深蓝色运动夹克配阿迪达斯红色运动衫的打扮，是我最想尝试的大胆用色之一。

那时候我有钱，所以应该是过年期间吧。“女头目”右近约我去逛街。

“一起去买衣服啦！我帮你选，这样就不会有人说你土了。”

“我很土？”

“不会吧！你没发现？”

我怎么拒绝得了呢。傻傻地跟着他去逛街的我，不知是哪根筋不对，听从他的建议，拿着红色印花方巾去结账。回家的路上，他就已经把那条红色方巾绑在我头上，说这样走在一起就不会觉得丢脸了。

那时候，不管是穿衣服还是玩乐，任凭我怎么拼命模仿右近，还是觉得我模仿出来的结果，总脱不了“日本版”这几个字。假如右近是真正的猫王，我就是“日本版”猫王。我觉得在我接受的教育中，“日本版”这个字眼好像有侮辱人的意思。

总之，那天，绑着方巾的我到他房间去玩。他和他姐姐共用一个房间，房间里到处都是他姐姐买回来的国外杂志和老电影海报上剪下来的图片。

“这是一个叫赫尔穆特·贝格的演员，卢基诺·维斯康蒂很宠他。”

他得意地拿老电影的介绍小册子给我看。可是，一句话里如果出现两个陌生的单词，我似乎就会听不懂。

“赫？……康蒂？……”

我一直盯着那个演员的照片看，总觉得他和我眼前的右近很像。我老实地将这个感想说出来，他强压喜悦，叮咛我“一定要保密哦”，然后把嘴巴凑到我耳边。房间里明明没有别人。

“我啊，将来想当演员。”

听到这份告白的我，对右近将来会当上电影明星深信不疑。不是我奉承，那时候他的确有种令人难以靠近的光芒。不知要叫作威严还是过度自信，总之，他就像是生来从没挨过一句骂的小孩，充满自信。

那天，绑着红方巾回家的我，被无法接纳儿子华丽变身的老爸狠狠踢了一脚：“你想当人妖是不是！”

我家就是这种家庭。说来难为情，就算只是烧个用来泡面的热水，也会被骂“男人不要在厨房乱晃！”。希望大家能稍微想象一个被父亲逼着穿上剑道服、憧憬着维斯康蒂电影的少年。

这是总统第一次到这里来玩的影片。阎魔已经出去工作了。这天，我和总统两个人到录像带店去，犹豫了半天，最后租了克洛德·夏布洛尔的《表兄弟》。我们花了一个多小时在想要租哪部片，一会儿说“这个我看过”，一会儿又说“我对这部电影有一些回忆”，所以当我们两人一起走出店门的时候，简直就像交往了三年的情侣。

那时租的《表兄弟》是部法国老片，我和总统都喜欢那个导演。至于内容，是讲一个运气背到极点的青年，不过看到最后并没有感到太深的沉痛。看完录像带，总统吃着布丁。那是阎魔平常喜欢买回来的摩洛索夫的布丁。我边拍总统吃布丁的侧脸，一边胡说八道。

“这部电影要说的，就是运气不好的人到死运气都不好吧。”

“那是六分之一的概率。对了，这布丁是你买的？”

“阎魔买的。”

所谓的六分之一，是手枪子弹的颗数。画面里的总统已经吃完布丁了。像阎魔那样，一个布丁吃上十五分钟的人果然很少见。我单刀直入地，向正从冰箱里拿出第二个布丁的总统提起K公园的事。

“那，在那里被弄瞎的人，也是运气不好吗？”

“差到极点吧。跟在便利店买到臭掉的布丁差不多。”

这时候的总统大概做梦也没有想到，他自己后来就买到了。正因为不知道自己的起点和终点，人类才能把布丁吃得那么香甜。

“买到臭掉的布丁，一般消费者都会去抗议吧？”

我的意见没有错。

“抗议？你想想看，直到出事之前，那个人还在让男人帮他吹箫，爽得很呢。要是因为有男同志遭到‘猎杀’而失明，我们这些同类去出声抗议试试，马上就会有记者跑来问：‘请问，你们会不会举行女装抗议游行？’”

“什么意思？”

“就是不但瞎了，还被当成笑柄。”

他的意见也没有错。

突然间，我想起阎魔的话。出现在我们对话里的那个被弄瞎的年轻人，听说在送到医院的时候，两眼已经有一半凸出来了。听到这件事时，阎魔喃喃地说“真的好可怕”，我突然想起这句话。

就拿在K公园搞“猎杀男同志”的那个团伙来说好了。首先，团伙这东西就很低级。有多低级呢，就像巴黎解放之后，将与纳粹亲卫队往来密切的法国女子剃光头的巴黎市民一样低级。

那天晚上，总统本来可能准备留下来过夜，可是阎魔每三十分钟就从店里打一次电话回来，说什么“冰箱里有布丁哦”、“要看伊豆旅行的照片的话，就在壁橱里”，总统大概觉得很烦，不到十二点就回去了。

“阎魔是以为我们两个会怎么样吗？”

总统笑着这么说，但电话另一头的阎魔一定很担心吧。再怎么说，这边可是两个血气方刚的年轻人躺在房间里看录像带啊。

我在第三通电话里说“既然这么担心，就回来啊！”，结果阎魔说“可是我有工作……”，竟认真烦恼起来了。

兴致上涌的我随口说“要不要玩三个人的？”，听筒那端传来咕嘟的吞口水声。

莫非阎魔真的有意打算用两个血气方刚的年轻人来补血？

镜头里拍着懒洋洋的午后情景。拍摄当天，阎魔很啰唆地一直说有朋友要来，叫我把翘起来的头发梳一梳。来的是阎魔的朋友，与我的头发又没有关系。

但是因为阎魔实在太啰唆了，最后我还是到洗脸台把头发打湿。打湿了头发，头发都自然风干了，朋友却还没来。要是准时的话，应该早就聊开了。

“搞什么啊，你朋友什么时候才来？”

“不知道呀，应该快来了吧。”

枯等无聊，所以这时候我讲甘地纺车的故事给阎魔听。阎魔躺在沙发上，默默地听着甘地的故事，表情如渴求新知的少女般纯真。我的故事说完，这名每天早上刮胡子的少女这么说了：

“那我的纺车就是火锅了。甘地会咔嗒咔嗒地转他的纺车，我会咕嘟咕嘟地煮我的火锅。”

“火锅……阎魔的火锅要抗议什么？”

“你问我我也不知道，不过总会有什么用处吧。”

“总会有什么用处……搞不好像阎魔这样的人，会变成革命斗士。”

“别闹了！革命斗士半点好处都没有。而且，我自己的店都顾不过来。”

高声放言的阎魔，此刻不见了少女的纯真，展现出像是母亲保护家庭的坚强。

有些女人会说希望多生几个小孩最好可以组一支棒球队。阎魔的店开了一家又一家，也许是同样的道理。

这天晚上，当看到总算出现的朋友打量我时那种毫不留情的视线，我终于明白阎魔为什么会那么在意我的头发了。那个人和阎魔一样，都在那一区开店，名字叫作玛丽娜。玛丽娜好像和阎魔同年，但是我不知道阎魔的岁数，自然也不知道玛丽娜几岁。

那时候，我还是第一次见到这么不客气地品评别人的人。玛丽娜不知道审查过多少阎魔的对象，最后真的会给出一个分数来吗？我脑子里想着这些，越想越觉得可笑，便速速逃进了寝室。展示品消失之后，评审无情的审查立刻开始了。

“跟以前的完全一样嘛！害我白期待一场。”

“你有什么好期待的！而且，明明跟之前的完全不一样。”

“哪里不一样？”

“这次的比较像直的呀！”

如果这指的是比较有男子气概，阎魔就完全搞错了。有男子气概的人，不可能把耳朵贴在墙上偷听自己的分数。这年头，连女人都不会去在意这些。

这天晚上，阎魔在厨房里准备做菜时，我和玛丽娜单独留在客厅。

“你喜欢阎魔哪一点？”

玛丽娜尖锐的问题，让我狼狈不已。玛丽娜的脸上清清楚楚地写着“是钱吧？”。但是，我明白这正是决战关头，所以也不甘示弱。

“没有特别喜欢的地方，可是相反地，也找不到讨厌的地方。”

那会儿我这么回答了，事实上，这或许是很中肯、很老实的回答。再说，如果我想要钱，还有更该做的事。我想要的终究不是钱，而是时间。不是为了做什么的时间，而是什么都不用做的时间。

接下来，玛丽娜不断用问题轰炸我，我终于落荒而逃。

这时候，在厨房里削苹果皮的阎魔，在我眼里有如母亲。和玛丽娜独处的我，和做噩梦的小孩没两样。

小时候，我真的曾经因为做噩梦哭着去找妈妈。我妈尽管睡眼惺忪，还是鼓励我，带我回房间，温柔地替我盖上被子。

我哭着说“我在操场被鬼围住了”，我妈让我安心的说辞是“不用怕，操场的入口不是有很大的门吗？妈妈会在那里守着不让他们进来”。我也真是的，听了这种不合逻辑的话竟然也就安心了。我妈那时候一定是睡昏头了。

总而言之，这天晚上，我没有勇气回到玛丽娜所在的客厅，一直待在厨房拍阎魔的烹饪手法。

把一个苹果磨成泥，与罐头菠萝混合。同样再将一个洋葱磨成泥，加少许酱油提味。加入伍斯特酱和番茄酱，以红酒添香。肋排就腌在这些佐料里。

“原来如此，是这样做的啊！难怪那么好吃。”

我以感叹的话语做了总结，帮阎魔按摩肩膀以示慰劳。如果玛丽娜每晚都待在客厅，我一定可以成为“好丈夫”。在拍摄这天晚上用餐情景的影片里，我发现了令人生气的一幕。

阎魔得意忘形地像平常那样滔滔不绝，他对玛丽娜讲了一句话：“帅哥我也应付不来。”

阎魔这时候是不是忘了我就在旁边？

当好丈夫的结果就是被妻子遗忘。

这不知道是什么时候拍的录像带，拍的是我睡觉的样子。T恤卷到胸口，一只手伸进内裤里。我自己都觉得这种睡相见不得人。高中毕业旅行的时候，我也被拍过一模一样的照片。

阎魔拍摄时大概醉得很厉害，画面不时晃动。阎魔急促的呼吸声和快坏掉的空调声混在一起，被录了下来。画面里的我没有要醒来的样子。不久，还突然打起鼾来。阎魔扑哧一笑的声音也录进去了。阎魔在床上坐下，因为他屁股的重量，我的身体软软地朝摄像机方向倒。有一段时间，画面拍的都是我睡脸的特写。

“大概是为了要听这种鼾声，才和你一起生活的吧……”

阎魔低声说了这句之后，结束了摄像。

阎魔有时候会提起以前的情人。在我面前，说住过这个房子的人的事情。我默默地听着，但也漠然地想着既然有前人，就会有来者吧。

曾经和阎魔生活的年轻人——我认为能够在这些年轻人的名单中留名，是件非常光荣的事，简直有资格获得现代最高荣誉勋章，没有超人的知识和体力可无法胜任。

为了要取悦阎魔，就连每晚必看的A片，也不能只是看，还得从中学习双方的床上功夫；在对话层次上，从超级名模克里斯蒂·特林顿到哈布斯堡家族的伊丽莎白都必须有所涉猎。更重要的是，这些得来不易的知识与床上功夫，均不得运用在实际生活中。如果没有这份忍功和演技，便无法胜任阎魔的对象。你要是拿来夸耀你就会沦为可燃垃圾，但如果你不知道则立刻被当作大型资源回收垃圾扔掉。

店休的日子，没喝醉的阎魔上了床也不肯马上睡。两个人躺在大床上，望着高高的天花板，阎魔会缠着我，要我“讲故事来听”。

我想到什么就说什么，像莱内·马利亚·里尔克书里的“指甲成仙的故事”，或是发生在大正时代的“性被虐狂矢作世音淫虐至死案”。不记得是哪一次，他说：

“我想听你前女友的事。”

所以我第一次向他提起佐和子。我和佐和子交往了一年多，但直到最后，和她在一起从未感到自在安心。

她总是在追赶着什么。我不知道她具体是在追赶什么，但总而言之，她的目标总是一个又一个，往上再往上。

“假如我是引擎熄火的车子，她就是刹车失灵的车子。”

我这么一说明，阎魔就笑了。

“比起不会停的车子，不会动的车子坐起来比较放心。”

那天晚上，我跟阎魔说的是我和佐和子一起去算命的事。佐和子往“大泉之母”面前一坐，“大泉之母”只看了她一眼，就说“你不早点搬家，会倒大霉”。我和佐和子都不知道她指的是什么，乖乖等她解释。据“大泉之母”的说法，佐和子的确遭到诅咒，而元凶就在石灯笼上。

最好赶快离开那个应该离她不远的石灯笼。

佐和子那时候刚搬到世田谷开始独居生活。回到世田谷之后，我和她就在公寓四周到处绕。附近既没有神社也没有寺院，也没有看到可能会有石灯笼的大宅大院。我走累了，带着心里发毛的她，先回她的公寓。

我们不巧被在一楼开和服店的房东抓到，房东向她抱怨垃圾的事。她想改变话题，就问：

“请问，这附近没有神社吧？”

房东回答“没听说过”便回店里去了。

我和她目送房东进店门的背影。自动门一开，出现展示和服的架子。接下来那一瞬间，我们看到在店内后方收银台那里，有个小小的石灯笼摆饰。在白色的荧光灯下，那个石灯笼湿漉漉地发着光，好不诡异。佐和子全身虚脱似的瘫坐在地上。

我说了这件事的第二天早上，一早就起床的阎魔说：

“我也想去找那个‘什么之母’算命。”

阎魔摇晃我的肩膀，要我带路。我也有点感兴趣，所以坐电车前往大泉。但是，下了车正要往那个地方走的时候，我突然觉得可怕。万一阎魔的石灯笼就是我呢……

那天，我故意走错路，对逐渐不耐烦的阎魔说谎，说我真的想不起店名和地点。

在好几卷录像带当中，只有一卷没有贴记载日期的贴纸。这是我专用的录像带，用来拍阎魔以外的人。我不像阎魔那么细心，带子上既没有标题也没有贴日期。

说起来这算是一卷“未编辑录像带”，像是跟以前打工的伙伴半夜骑脚踏车，镜头又忽然切到总统吃花生的特写。

今年过年，我带着摄像机回长崎。可能是很多年没回去的关系，头几天还被当作客人款待。

我到东京的那一年，家里改建了，所以我已经没有所谓充满回忆的自己的房间。高中时向朋友借了没还的色情杂志、写来想送给朋子的一大沓诗，大概都被哪个拆房工人带走了。我手边什么都没有留下来。

当时，我的房间贴满了苏菲 · 玛索的海报。我那时很认真地收集《Road Show》和《Screen》[1]的附录。其中我最喜欢她只穿牛仔外套的那张。只扣乳房下面那颗纽扣，裸胸形成的浓浓沟影，让我整整三年魂不守舍。

对十七岁的我而言，苏菲·玛索的确是女神，但在被窝里摆动右手时，我脑海里必定浮现的却不是这位女神，而是较具实用性的一个同班同学，名叫朋子。

但是，最后我对朋子所做的爱的告白，是隆冬里毕业前夕在美术室里对她说：

“我总觉得你跟苏菲·玛索有点像。”

就这么一句而已。

我倾慕的朋友右近，在高一暑假就休学了。他加入了当地的剧团，一边在便利店打工，一边度过和我截然不同的十七岁。我和右近照旧经常见面，但他的生活和小时候一样，给我一种从钥匙孔里偷看房间般的神秘印象。

当时，右近和朋子在交往。现在回过头来看，那真是一出可笑的闹剧，但当时只要想象右近和朋子在做什么，我就觉得喘不过气来。

右近每次和朋子约会都会找我。我们常三人一起去迪斯科。他们剧团的一个大学男生也会来，常带我们去喝酒。

一踏出居酒屋，右近就会毫不留恋地丢下朋子，搭那个

---

1 《Road Show》与《Screen》是分别由日本集英社与近代映画社所出版的电影杂志，以欧美电影为主，大幅刊载电影明星照片。

大学生的车回去。我和朋子刚好同路，所以总是一起走夜路回家。晚上两个人单独走在路上，我就会突然生硬起来，忍不住便讲起生物考试之类的事。朋子则一定会用沮丧的声音说“右近好冷淡哦”，来改变话题。

“没这回事。”

“我想，右近一定不喜欢我。我觉得他和那个大学生玩得比较开心……”

即使会发这种牢骚，我明白朋子还是爱着捉摸不透的右近。右近那种颓废的气质、那种无拘无束的洒脱，这些让我偏执地向往的特质，也完全淹没了她，对此我有一半当成自己的事一样高兴，也有一半嫉妒。

现在谜底都解开了，右近身上那种带着黑夜气息的颓废，其实只是和那个大学生做爱做得太累，而那份洒脱，则是因为他把执念放在了另一个世界，在那里他也像平常人一样渴望被爱，根本没有丝毫神秘可言。即使如此，我也和朋子一样，对他的存在异常感兴趣。高中毕业一起到东京的时候，我们向对方透露了彼此的秘密。

现在回想起来，觉得那是场不太公平的交易，不过我的秘密对当时的我自己来说，一定就是那么重大吧。

我向右近坦白自己正认真写诗。作为交换，他告诉我他只爱男人。

事实上，在秘密揭晓之后，我还是希望右近能存在于我所写的诗句之间。然而，无论我如何挣扎，我的言语都没能化身为右近。

来到东京独自生活后，我似乎第一次听到了自己的声音。很多日子我赫然发现自己一整天都没有跟人说话。在静悄悄的房间里，我怯怯地试着出声。自己也不知道该说些什么，所以就试着把当时的心情老实说出来："我肚子饿了。"第一次听到的自己的声音，没有想象中孤独。

我继续过着这样的生活，其间在右近的带领下，我开始到新宿喝酒。以前从未在意别人的视线，这时候我也开始在意了。不知不觉，我又开始拼命想成为右近。

回长崎过年的时候，我第一个拍的就是我妈。透过录像带看被拍下来的妈妈，就很清楚我妈真的一刻也闲不住。我像只天真地摇着尾巴想讨好主人的小狗，她走到哪儿我就跟到哪儿。以为她晾完洗好的衣服了，却又跑去晒棉被；晒了棉被，又开始用吸尘器吸地。跟在她身后的我都累了，我咕哝说"休息一下吧"的声音，原原本本地被摄像机录了下来。那时候，我妈朝摄像机瞥了一眼，微笑着说："我才不要等你走了，才后悔没让你睡晒过的棉被。"影片在这个镜头结束。

后来我在长崎待了一个星期就回来了，不过那一星期也让我拍完了两小时的带子。我爸有个毛病，一面对镜头就开始说教，所以他出场的镜头当然很少。

因为家里改建，窗外的景色也完全变了样。外面的景色明明相同，只是稍微更动了窗户的位置，带来的感觉竟如此新鲜。以前被一棵大橡树挡住了整座港的风景，现在从新的窗户便可一览无遗。

那时候，如果能从毫无遮蔽的窗户眺望风景，我还会想离开这座城市吗？

录像带里有吃完晚餐之后，在起居室看电视的影像。我爸没有在他的位子上。我本来以为他在洗澡，不过并不是。因为电视播的是高唱“女人独立”的讨论会，我爸一定是受不了这个节目。以前，他一定会厉声说“关掉！”。我爸的公司在房子改建的第二年倒闭了。

我一边用摄像机拍摄，一边和我妈看这个节目。就画面里拍到的我妈的侧脸看来，我不认为她看得有多认真。她偶尔拿起爸爸吃剩的草莓，朝我看一眼。虽然影片里没有拍到，不过电视里发言者的声音却清晰地录了下来。

在高喊“女人应该多走进社会！”的话声中，我妈又拿起一颗草莓。细心地把草莓蒂排成一行的她喃喃地说：“好像所有人都瞧不起我一样。”

我“啊？”的一声问她的同时，摄像机录下了一个女教授激动的声音：

“女人不是煮饭婆！”

我从壁橱翻出了幼年时期的照片，也拍进了录像带里。那是专心在地面涂鸦的四岁的我。回到东京，让阎魔看这卷带子的时候，他说道：“如果还是这张天真无邪的侧脸，你一整天做模型我也不会抱怨了。”

的确，摄像机拍下的四岁的我，一脸天真无邪的样子。就像阎魔说的，我也希望能找回那时的天真无邪。只是，就算现在的我变得天真无邪，一样在地面上涂鸦，那个天真无邪的我，会怎么想站在旁边的阎魔？

天真无邪的我，也许会大喊：“恶心死了！走开！”

失去自己房间的我，被安排住在二楼的客房。元旦那天一大早，我爸来到二楼，把一个东西丢到床头。“那是什么？”我问道，他答完“压岁钱”就出去了。他是要我发压岁钱给马上就要来家里的亲戚小孩。

看来我爸并不相信我的谎话，我跟他们说“我现在真的认真工作”。

我已经不是小孩了，没有压岁钱可拿。但是，我也还不是大人，因为我没有发压岁钱的能力。我觉得用爸爸准备好的钱发压岁钱给小孩，实在太没出息。那天我是从床头那个纸袋里，把千元钞一张张抽出来给他们的。

在长崎拍的最后一幕，是我妈为了翌日要踏上旅程的儿子熨衬衫的镜头。我妈熨着衬衫，突然没来由地问：“她是个什么样的女孩？”画面顿时晃了一下。

“你有女朋友吧？是个什么样的人？”

“我没有啊。”

“这又没什么好害羞的。你回来的时候，看到你穿的衬衫，妈马上就发现了。做母亲的一看就看得出来。你怎么可能把衬衫熨得那么漂亮呢。”

画面一直以特写镜头拍着我妈熨衣服的手。熨斗在衬衫上滑动的影像中，只录到两个人的对话。

“一个人生活了好几年，熨衣服的功力当然就变强了。”

“是这样吗？我还以为你跟你爸爸一样，什么都不会呢。”

事实上，我妈说对了。我爸一味强硬，我妈一味美丽，而我终究是成长在这个传统保守家庭的儿子。

一直到刚才，我都以为这卷带子拍到熨衣服这里就结束了。看完最后一幕，我去上厕所，一回到房间，却看到屏幕正在播出没看过的影像。我简直像要把画面吞下去似的盯着猛看。

那大概是把摄像机放在厨房料理台上拍的吧。我妈坐在椅子上，面向镜头，一脸迷糊地看着镜头说：

“这样真的在拍吗？”

接下来有段时间，我妈什么话都没说，只顾望着镜头，我爸突然从她背后走过去。我妈没有回头看他，就问：

“喏，爸爸，那孩子在东京不知道拿这台摄像机拍什么哦？”

我爸只大声说了一句“我哪知道！”就出去了。

我妈虽然被我爸吼，可能已经习惯了，连眉毛也不皱一下，笑着说：

“一定像爸爸年轻的时候一样，拿着八毫米摄像机到处追我吧！”

带子到此结束。

我和阎魔一起看这卷带子的时候，也是等熨衣服的镜头一结束，就走出房间洗澡去了。我洗好澡出来，阎魔以一种说不上来哪里悲伤的表情说：“早知道就不应该买摄像机的。”我现在终于明白这句话是什么意思了。

一从长崎回来，我就觉得不太舒服。倒不是身体，而是心理不太对劲。突然开始在意起之前完全不在意的事。

好比说，和阎魔两个人到三宿的餐厅去的时候，我招呼路过的服务生。忙碌的服务生没注意到我，就这样走过去了，空气中回荡着我“不好意思”的叫声。

被服务生忽视倒是其次，我觉得阎魔更可怜，情人是一个被服务生忽视的男人。这阵子，我开始频繁地感觉到自己这种过于神经质的敏感。像是被出租车拒载的时候，甚至是没搭上要关门的电梯时。

我觉得，自己的没用，直接降低了阎魔的价值。

那会儿，本来每天早上起来才刮胡子，我开始睡前也刮了。我自己也不想这么认为，但我猜是阎魔在床上不再抚摸我的下巴，我才开始这么做的。

基于完全相同的理由，我频繁地从阎魔的钱包里偷钱。

偷是偷，但也只是录像带逾期罚款之类的小钱，当然，我是怀着恶意的。渴望被爱，是一种无可救药的恶意。

这卷带子拍的是那个心怀恶意的男人。我用固定好的摄像机自拍，但只看过一次，后来就再也没有看过。

里面拍的豪华浴室，是位于目白的四季酒店的浴室。附带一提，这个房间住一晚要四万日元。里面的影像，拍的是我自己的背影，我正在把万元钞一张张泡在放满了水的浴缸里。万元钞总共有三百张。光着身子的我，也一并泡在那飘着三百张万元钞的浴缸里。我不时朝着摄像机站起来，每次肩膀和腹部都沾上了好几张浸湿的万元钞。画面里的我一边低头看自己沾着万元钞的裸体，一边露出心情不佳的笑容。

其实，在那前一天，阎魔要我做一件事。

“你可以去银行帮我取装潢新店面的订金吗?”

阎魔在床上问我。可是，在那两三天之前，我才因为从他钱包里偷钱挨了骂，所以我当然没把这些话当真，而且也困了，只回答一声“噢，我知道了”，就翻身睡了。

第二天早上起床一看，阎魔不在家，餐桌上放着抄了密码的纸条和银行卡。

我坐下来对着这两样东西思考。这是想试探我吗？阎魔是抱着必死的决心，想试探我会不会带着这三百万潜逃吗？

我记得我烦恼了很长一段时间，最后得出这个结论：阎魔不是想试探我，而是想知道遭到背叛的滋味。阎魔渴望这类戏剧性的意外。

一想到这里，感觉自己像个极度可悲的牛郎。甚至感到阎魔是兜着圈子责备我："都是你没有尽到自己的本分。"假如过去阎魔都是以战胜爱人的背叛来得到爱的实证，那么我就是一个差劲透顶的爱人。

于是，我拿着这些钱到四季住了三晚，到第四天才回去。阎魔果真一如我的预期，因安心与愤怒而全身发抖地迎接我，但我却像个执行了讨厌任务的间谍，只感到余味苦涩的疲惫。

摄像机虽然没有拍，但那之后，从万元钞浴缸里出来的我，拿吹风机把万元钞一张张小心地吹干。

看这些影片也知道我是个做事半吊子的人，不过有一场戏相当完美。可惜的是，我那绝无仅有的名演技，却没有拍下来。当然，这是因为我挪不出空来。

阎魔是个极端怕寂寞的人，所以我只要有一点点想单独进入另一个世界，立刻就会被他抓住领口拉回去。那天晚上，我躺在沙发上看书。我看的是一本看了不知道多少次的诗集，但为了掩饰，我包了一个侦探小说的封面。当时我沉浸在那本书的世界里，怕寂寞的阎魔跑过来，频频抚摸我小腿上的腿毛。我假装没这回事，心想不予理会他应该很快就玩腻了，但偏偏这天晚上阎魔就是不肯离开。

"喏……喏……"

我不应声，继续努力看书。但是，有人在触碰身体，再努力都无法集中精神。我越来越不耐烦，不经意地想踢走他爱抚的手。就在第三次，我以自己也吃惊的力道，踢中了阎魔的脸。

我弹跳起来看向阎魔。令人窒息的沉默包围着我们。低着头的阎魔抬起头来，鼻子流出血来。那一瞬间，在那阵沉默里，我看到的不是阎魔，而是那个本名叫“岩仓雅人”的男人的脸。

我发现自己踢了男人的脸，身体反射性地形成防卫姿势，因为潜意识感觉到要被还以颜色的危险。男人与男人之间杀气腾腾的沉默持续着。

据说在沉默之中，狼狈的好像都是卑鄙的那一方。我声音颤抖地叫道：

“谁、谁叫你！谁叫你要一直摸我！”

我知道这声怒吼把我自己也吓住了，以致脸部痉挛。我从沙发上站起来，仿佛要逃离眼前这个定定地瞪着自己的男人般，往玄关跑。我自己也不知道该如何是好。

“等等！别走呀！”

从房里追出来的声音，恢复为平常像女人的声音。听到这个声音，我松了一口气。阎魔拉住在玄关穿鞋的我。他的手环住我的腰，让我完全找回我的沉着。

“妈的！放手！”

“别激动。没事的，我没事的！”

这个愚蠢的女郎甚至让我感到愉快。我硬拖着紧抱着我的腰不放的阎魔，在公寓走廊上前进。我想暂时继续扮演一个坏老公。我想，我的演技应该是完美的，我演活了一个情绪激动的坏丈夫。愚蠢的女郎拼命想把我留下。

拉拉扯扯地到了楼梯口时，我停了下来。原来我只要回过头去，帮他擦掉鼻血就没事了。但不巧的是，我回头的时候阎魔刚好站起来。我的肩膀正好撞到阎魔的背，伸出去想抓住他的手，却反而朝他的胸口推了一把。阎魔还来不及叫喊便从长长的楼梯上滚下去。那无声的悲鸣，让我一动也动不了。继肉体撞在水泥上的闷响之后，传来低沉的呻吟。我冲下楼梯，膝盖抖个不停。听到我的脚步声，阎魔抬起头来，血从额头流下来。蹲在楼梯间的阎魔抬头看着我。

“……没事，我没事。”

对着这么说的阎魔，我能说的只有这句话：

“挡路！滚开！”

声音可能是颤抖的，不过这时候的我，应该彻底地演活了一个坏老公。

如果我真想让阎魔讨厌我，只要说一句“我在写诗”就行了。然而，正因为不想被他讨厌，我不得不对额头流血的阎魔大吼“挡路！滚开！”。

像阎魔这样的人想抓住的，是看侦探小说的我，而不是读诗集的我。

在阎魔的店里，会认识各式各样的人。看着他们，就不禁感叹他们真的是日本人。他们的烦恼、主张、处世之道等等，从头到尾都象征着这个国家。比如“你一点都不像人妖呢”是他们口中最好的赞美。

有一天晚上，就有一个从这方面来说“非常日本人”的男人，刚好坐在我旁边。

“我啊，真的很讨厌二丁目。全都是些穿得不三不四的家伙，像烂掉的女人一样只重视外表的人不是吗？”

“是吗？”

阎魔冷冷地应他的话。结果这个人不但讲了两个小时，临去之际还留下一句“我还是讨厌二丁目”才消失。

我微笑着对阎魔说“他怎么回事？”，阎魔一边收拾玻璃杯，一边笑说“他是每个星期都来店里说他有多讨厌这一区的好客人呀”。

阎魔喜欢的美国同志小说里，有这样一段。

“被大卫抛弃的我，已经什么都不在乎了！我有这种感觉。每天晚上我都去那一类的三温暖。口交的对象是谁都无所谓，我甚至跟日本人上床。反正，这次是我有生以来最悲惨的失恋。”

看到这一章，我愣住了。结果，就跟那个声称讨厌二丁目的男人一样，最瞧不起我们的，就是我们自己。

阎魔的店里还有一类客人。

有一个笑起来很古怪的新闻记者，在我第一次和他比邻而坐的晚上，听他说什么新闻人伦理之类的听到清晨四点。

“当今之世，再也没有懂得品味意犹未尽的风雅了。你不觉得吗？无论什么都要追根究底，而且把这种事当成美德，认为意犹未尽就等于不完全。所以人们要追究到底。只要追究，就一定会产生矛盾，所产生的矛盾则以巧妙的借口来遮掩。这个借口正是主张。大家都是这么想的，这可是天大的误会啊！”

阎魔及时上前解救连厕所都无法去上的我。

“你哟，既然在一流报社工作，就把K公园的事拿出来大肆报道一番呀！你知道光是去年就有多少人被杀吗！”那名男子露出他那奇特的笑容，满意地说：

“可是啊，阎魔，硬把情报推销给别人是很危险的哦。”

我想起像流氓一样的报纸推销员，就这样硬生生地忍住了。

也许这是无可奈何的，但再也不会有任何人，能有许久之前右近那种让我倾倒的魅力了。来阎魔店里的客人，也没有任何人像那时的右近那样，闪烁着清冽光芒。我不知道右近的光芒是从哪里来的，我只知道一个事实——右近的光芒曾经让我目眩神迷。

这里有一段堪称最有阎魔风味的影片。我和阎魔看着跟玛丽娜等人一起去伊豆兜风的照片，我拿摄像机拍着照片里的自己，不知为什么就问阎魔："你觉得到几岁可以算青年？"

朝摄像机望了一眼的阎魔笃定地说：

"这个国家没有青年。不管是你，还是来店里的年轻人，你们身上都少了青年必须有的东西。"

我几乎已经没有在听了，但阎魔继续说着。

"既然叫作青年，就不能没有野心啦企图之类血腥的东西！你懂吗？"

"……"

"你懂吗？"

"可是你平常明明把反对暴力、驱逐暴力挂在嘴上……"

"那当然！我是反对暴力啊。不过，为了正义而施行的暴力是必要的。"

"真矛盾。"

"哎哟，就是因为矛盾才是人妖呀！"

我在阎魔这里安装了一部我专用的电话。从长崎回来的时候，电话答录机里有一则我妈的留言，说："拜托你，不要让我听到那么寂寞的声音。"我自以为很酷的那段电话留言，在我妈听来却很寂寞。

我立刻蹲在电话前，重录了那段留言。我尽可能试着发出活力充沛的声音，可是一播来听，怎么听都和我妈形容的一样，很寂寞。

也许那时候，在没有人的房间里重复着"我现在不在家……”的我，实际上真的是个寂寞的人。

安装自己专用的电话当然是有原因的。我跟父母说我是一个人住，而且阎魔也不是可以随便介绍给他人的人。

有一次阎魔没有遵守约定，接了我的电话。电话好像是我妈打来的，阎魔慌张地拼命对洗完澡的我解释：

“好像是你妈妈打来的，不过没关系，我是用男人说话的方式讲话的，而且我骗她说我是来你这里玩的朋友。”

阎魔好像没发现他用男人的方式说话有多怪，看着拼命解释的阎魔，我觉得叫他不要接电话的自己，实在是个心胸狭窄的男人。

我想，到头来，痛苦分两种，无法获得认同的人与不得不予以认同的人各执一方。从这个观点来说，以男人说话的方式和我妈讲话的阎魔，是一手揽下了我妈应该承受的痛苦和属于他自己的痛苦。

这是阎魔说的。有一次阎魔看着某本周刊，歪着头沉思说：“怎么想，我都是一人身兼二职。”我看了一下杂志，上面针对现代男女风貌做了专题。喜欢做菜的丈夫和独立的妻子。把这两个加起来，的确就成了阎魔。

“这么说，我就是现代人的模范了。”

阎魔这么说着，很不高兴地抓着小腿。

这阵子录像带里拍到的我，不知道着了什么魔，一个劲儿模仿阎魔以女人方式说话的那种语调。他说话的方式很特别，不管多么刺耳，好像刺进皮肤里也不会带来痛楚。怎么说呢，那种节奏，强调的不是流下来的泪水的意义，而是其中荒谬可笑的咸味。我拼命想学他这些地方。可是，不管我多努力，还是学不成。我说出来的和阎魔的不同，完全无法惹人发笑。

我无法向不认识阎魔的人，好比老家的父母、过着正常生活的朋友，解释阎魔的魅力何在，大概也是基于同样的理由。

有一段影片，是我坐在地板上不知道在做什么，阎魔悄悄地边靠近边拍我的背影。阎魔突然对着我的背发问："你将来打算做什么？"

在画面里抖了一下的我，正专心制作航空母舰"赤城"的塑胶模型，露出了完全愣住的表情。工作日的大白天在屋里做"赤城"的男人，怎么可能说出什么惊人之语呢。

阎魔拍了"赤城"的设计图，再度把摄像机对着我，我笑着说：

"将来，我来当个小说家好了……"

"哎呀，那我就是文艺酒吧的妈妈桑了。"

阎魔得出了这样的结论。即使是现在，我也鲜明地记得那天早上万里无云。至于我为什么会记得，是因为我无法忘记那天傍晚之后，天气突然大变，应邀来吃晚饭的总统淋成落汤鸡。

而我为什么无法忘记淋成落汤鸡的总统，是因为拍他这个样子的录像带，我已经反复看了无数次。

其实那天并不是我和总统最后一次碰面。但遗憾的是，这是他留在录像带里的最后一份影像。

我刚好从十楼的阳台上拍到湿淋淋的总统跑进公寓的玄关。

他不理会红绿灯，想穿越公寓前车流量极大的马路。拿摄像机拍摄的我，从十楼阳台喊：

“喂——！总统！看这边！”

而我的声音夹着雨声被录了下来。他没听到我的叫声，以惊险的脚步跑过宽阔的大马路。我刚才也说过，这段影片我反复看了无数次，不管看多少次，每当出现这个镜头，我心里都想大叫：“喂——！看这边！”

我会想，如果倒带再看一次，也许这次他就会注意到我的叫声了。但是，无论重看多少次，他都不会听到我的叫声。

那天晚上，我们三人用餐的情景当中，最兴奋的就数阎魔了。他夹在我和总统之间，说起来，就像走在两端都可能会被切断的钢丝上，可是阎魔简直可说是鬼上身般欢快。

那天晚上，好像一直都是我在拍，特写镜头拍他们两个嘴巴不断嚼碎肥美肉块，长得令人以为永远播不完。满嘴油的唇部特写，不是我自夸，拍得好到令人感到颓废。

拍完用餐之后，影像换成在厨房帮忙洗碗的总统。他们两人一边注意摄像机，一边利落地收拾碗盘。

“要是你也这么会帮忙的话，我就没话说了。”阎魔对我说。

“又来了，嘴里这样讲，其实要是别人真的做了，你马上就扫兴。”

被总统这样开玩笑的阎魔，也不见害羞的样子。

“就是啊。要是真的跟正经的男人在一起，我马上就腻了。要怎么说呢？照玛丽娜的说法，我好像叫作恋病人癖。”

“恋病人癖？什么叫恋病人癖啊？”

“就是从头到尾、大大小小的事都想帮对方做好呀。”

这段影片在三人大笑中中断。接下来出现的，是填满整个画面的地板。

大概是忘了按停止键，就直接放在地板上吧。画面里，除了无垠沙漠般的地毯外，什么都没拍到。只不过在这片沙漠的景象当中，总统说话声像热风般被录了进来。

“我啊，总是会喜欢上别人，然后一喜欢上，就会很想喝他的口水。所以我算不正常吧？不过啊，我是说如果啦，如果爱一个人有对的方式，我希望谁来教我一下。”

画面并没有拍到他。

这是总统被打死之后差不多三个月时的影片。令人惊讶的是，失去他之后，我们的生活，很自然地已完全恢复正常。我也不曾为了克服悲伤而咬牙吞泪。在这种真的值得讶异的自然之下，不，是值得憎恨的自然之下，我们回归了原来的生活。

阎魔也照旧喊着“《彻子的房间》开始了哦”，叫在寝室的我看电视，半夜买回来的冰淇淋也和之前一样，是两个。

只是，这三个月里曾经有那么一次，我对自己的无情感到恶心。

我记得，那时候正好听到消息，说总统的父母来东京收拾他的东西带回静冈。听说，在静冈举行的葬礼上，列席的亲戚们悼唁时说着“没想到他竟出车祸死了”。

我知道这件事之后，为他被扭曲的死因感到忍无可忍的愤怒。

我最终去了三次K公园。

当然，我去那里，不是为了站在命案现场哀悼他的死。我每次抵达公园之前，都幻想着一场血腥复仇，狠狠地踩着脚踏车踏板。

但是，我到了公园之后所做的事，却是在那些人绝对不会现身的地方，也就是，在随时都可以逃出去的明亮之处走上一整夜。

然后，在那个安全的地方迎接早晨的我，以“今晚也不会出现了吧”原谅自己，再度骑上脚踏车逃离公园。

这里刚好拍到那样一个早晨，影片有几分钟长。记忆不是很明确，但我想大概是第三次从K公园回来的那个早上。

阎魔已经从店里回到家，正好拿着摄像机在拍室内时，走累了的我从K公园回来。

阎魔问闯进画面的我："你到哪里去了这时候才回来？"我脱掉汗湿的衣服，笑着回答："和朋友去骑车。"

在镜头前光着身子的我，抱着脱下的衣服走向洗脸台。摄像机从后面跟上来。我把手里的衣服全部扔进洗衣机，连手表也丢进去。然后推开捧着摄像机的阎魔，把那天晚上穿的运动鞋从玄关拎过来。

我把运动鞋丢进洗衣机，阎魔急得歇斯底里地大喊"不要啦！洗衣机会坏掉！"，我回答"不会啦"，按下启动开关。我还以为阎魔真会上前来阻止我，但不可思议地，他那时候只是默默地看着这样的我。

影片里的我，显然以那天晚上的行动为耻。我想借清洗身上穿戴的东西，来肃清那天晚上我在K公园的卑鄙举止。

在这里中断的影像，接下来换成在厨房烧开水的画面。

我一丝不挂地，盯着燃气炉上的水壶看。镜头从我的侧脸移到燃气炉的特写，然后对着碧蓝的火焰拉近放大。白色的蒸汽从水壶盖上喷出来，摄像机录下沸腾的声响。

我想事情一定都是这样的。画面拍的的确是燃气炉、火焰、热水，但这时候我想要的，只是一杯咖啡。

总统被打死之后，唯一的改变就是，我从那时候起，又开始与佐和子见面了。

她离开世田谷那间被诅咒的公寓，搬回品川的老家。我们并不是破镜重圆。我是在阎魔身边接她的电话，再去见她的。

她在睽违许久的电话里，告知半年后要结婚的消息。我猜，她大概是按先后顺序通知她以前的男人吧。我马上就约她出去。

她打这通电话到底想干什么？我和男人同居可不是随便住过就算的。和男人住、靠男人养，也会开始懂得女人的心思。

久别重逢的夜晚，她和以前一样在床上脱衣服。把最后一件扔在地板之后，她慢慢地从毯子里探出头来。我坐在沙发上，一件一件数着她在地板上堆积的衣服。然后，突然问她：

“可以让我舔你的手指吗？”

她觉得好玩，伸出了手指，但那天晚上我很认真地舔了她的手指。

如果和佐和子做爱是在沙漠里喝的一杯水，那么和阎魔的就是闷热的夜晚里淋的一场大雨。看是要喝得连一滴都不剩，还是要让全身湿透。不管是哪一种，都能解我的渴。

结果我和她开始每个星期都碰面。半年后，她就能得到短期大学时代的朋友艳羡的婚姻。而我，则有让我不愁吃穿的人妖爱人。这两个人在一起，不可能不开心。责任全部推给别人，尽情享受自由。

她就像暑假作业全部做完的小孩，而我也有我的一套，下个学期根本不打算去上学。

我和她甚至开始上每星期两小时的探戈教室。怎么会突然想学探戈，自己都觉得不太正常。当然，学探戈的事我瞒着阎魔，不过有时候我会在家里教阎魔基本舞步。

“Slow、Slow、Quick、Quick。只要把基础学好就行了，再来要怎么跳都可以。什么事都要打好基础，基础、基础。”我把老师说的话拿来教阎魔。但是，不管怎么努力，阎魔的动作就是很僵硬。

“你哦，基础基础的，说得简单，你说的基础到底是什么？”

累坏了的阎魔说着逃到沙发上。阎魔的问题，和佐和子在课堂上问老师的一模一样。我就像老师回答佐和子一样，回答阎魔：

“探戈的基础啊，就是要有男人和女人。”

我最近常想起小学的时候，碰巧看到的一部叫《朋友》的电影。这部电影是在我、右近，还有总统出生那年拍的，以法国乡村为背景。虽然说不上是一部优秀的电影，但这部影片里的某一幕，我大概一辈子都不会忘记。

那个故事说的是离家出走的十四岁男孩和女孩，想在乡下过两个人的生活。没有钱的他们在废弃小屋住下来，想靠爱情维生。但是，这种生活当然不可能持续下去。他们过的是男孩从市场偷回一条鱼分食的日子。后来，男孩在城镇里找到斗牛场清洁工的工作，接下来就是这部电影当中我最喜欢的一幕。

少女置身于满场观众之中。狂热的观众为场内开始的斗牛纷纷起立，只有她一个人还坐在位子上。牛在斗牛士巧妙的斗牛技巧之下被杀，斗牛士退场之后，便开始整理场地以便进行下一回合的比赛。激动的观众一一坐下。这时候，少女勇敢地独自站起来，骄傲地对拿着扫把出现在斗牛场上的少年拍手欢呼。

每当我想起这一幕，就有种突然被剥光的感觉。如果是我去打扫斗牛场，会有人在观众席里为我站起来吗？而我会像电影里的少年一样，那么珍惜那个为我站起来的人吗？

这是阎魔最新的影像。

画面里的阎魔好像很无聊，躺在沙发上抽着烟。那种责难的表情，完全超越了演技。他不时朝我瞄上一眼，仅以眼部动作就表现出："喏，难得的假日，你就不会偶尔说句'我带你出去玩吧'？"

突然间，电话响了，我以特写镜头拍餐桌上的电话。画面里阎魔伸手拿起听筒。这时候，窗外传来车子碰撞的声音，我连忙跑到阳台上，从阳台拍下面的大马路。阎魔在背后叫着"什么？车祸？撞到人了吗？"的声音，被录进摄像机里。

画面上拍到一辆撞上护栏的卡车，不是什么大车祸。从驾驶座上下车的男人，正难为情地向四周的人低头道歉。我边拍那个道歉的司机，边向阎魔报告："好像只是撞到护栏。"

接下来有一阵子，我继续拍驻足观看的路人一一离开现场的模样。我让摄像机继续转动，回到屋里，阎魔还在讲电话。阎魔讲电话的时候有个怪癖，会一边讲话，一边把谈话的只言片语写在便条纸上。有时讲了很久的电话之后，会在话机旁边留下几十张便条纸。

这时候的阎魔也照样无意识地写着便条，我继续拍着阎魔的背影。

"真不好意思，亏你特地约我……我有事必须要处理，所以今天晚上不太方便，对不起哦。"

刚才还以眼神大叹无聊的阎魔，会有什么事？我歪着头感到不解，拍摄的影像角度也跟着我变成歪的。

电话挂掉之后，我问阎魔：

"你有什么事？"

阎魔只回我一句话：

"我就是不想去呀。"

便又倒在沙发上发呆。

"谁找你？"

对于我的纠缠不休，阎魔开始略带厌烦地说明。原来是店里的常客来问："今晚我们要烤肉，一起来吧？"因为工作的关系，对于这种邀约阎魔一向来者不拒，为什么今晚偏偏拒绝？更何况是在百无聊赖的假日。对于我理所当然的疑问，阎魔只说：

“我讨厌他们选的地点呀。他说为了方便大家，要在K公园办。”

便陷入沉默。

知道理由之后的我，当时是什么样的心情，只要看接下来的影像就知道了。

接下来的影像拍的是我的手，我到厨房拿出冰箱里的红茶，甚至还在里面挤了柠檬汁。

我回到起居室，把红茶递给阎魔。

“你不去是对的。在那里烤肉，等于是在尸体上跳舞。”

接过玻璃杯的阎魔，表情冷漠得令人惊讶。喝了一口红茶，好像很难喝，然后看了摄像机一眼。

“如果是为了拯救所有人，而牺牲某一个人的话……那干脆大家都别得救好了。”

影像在阎魔说完之后就断了。

这样，所有录像带我全部都重看了一遍。从昨晚开始看，结果花了我整整一天的时间。

昨天傍晚，我妈突然从家里跑来。她在电话里向我报告“我现在人在新宿的酒店哦”，我失声叫：“你来干吗？”

“反正，我来了哦！我把你爸爸丢在家里，自己一个人来的呢。对，我自己来的哦！”

只听她兴奋异常，完全冷静不下来。

无论我在电话里怎么问她离家的原因，她都只是反复说“我把你爸爸丢在家里来了哦”，问不出个所以然来。于是我决定去我妈投宿的酒店看看再说。我在玄关穿鞋的时候，阎魔慢吞吞地走出来，以自以为了解的口吻说：“不可以对消沉的女人泼冷水哦！”

“她才不消沉，感觉反而像立了什么大功一样，高兴得很。”

“立了大功？”

“对。我想她自己一定也很惊讶，竟然能够把我爸丢在家里自己一个人跑来。”

门正要关上的时候，从玄关里传来阎魔喃喃的话声：“女人心可是很复杂的。”

我到了酒店，试图问出详细原因，但问到一半就觉得很蠢，没再问下去。我决定先去吃饭再说，于是预订了之前和阎魔去过的那家酒店的意大利餐厅。我妈看着打电话订餐厅的我，发出了奇怪的感叹：

“你已经是大人了啊……一定是你女朋友的功劳。”

距离预订的时间还有一点空当，我妈从窗户眺望夕阳。

“对了，难得来到东京，就见见你女朋友再回去吧。”

“就跟你说我没女朋友了。”

“那，我去你住的地方看看再回去。”

不管看哪一个，一看便万事休矣。身为一个独居的儿子，不能让自己的母亲参观住处，这种儿子究竟有多少？当然，我不是那么无情的儿子。可是，有些东西不是我不想让她看，而是不能。

我稍微想了想，立刻便有了一个好主意。我认为这是能规避这两难局面的最上策。

“好啦。不过，突然要找人，也不知道人家今晚能不能来……”

我妈的双眼一下子亮起来，站在打电话的我身旁，盯着我等候结果。这时候，不知道我妈心里想象的到底是什么样的女人，不过她一定想象不到阎魔吧。幸好，佐和子接了电话。

我简短地说明缘由，说详情等她来了再说，便挂了电话。然后又想，也许有些人就是在这种状况下决定结婚的吧。

在决定碰面地点的时候，佐和子笑着说：

“事情我大概猜到了，不过一个不能介绍给自己母亲的女人？你到底是跟什么样的女人住在一起呀！”

那时候，我的脑海里浮现出那个不能让母亲看到的女人面孔，内心一隅一阵刺痛。

不可以对消沉的女人泼冷水哦……是吗。

看到花枝招展的佐和子，我妈势必相信我将来会幸福。三个人的晚餐，像极了完全照计划进行的喜宴。我妈一派未来好婆婆的模样，而佐和子也很厉害，演出了完美的准新娘。但是，即将进行最后的赠花仪式时，这个平衡开始瓦解了。

“我很讨厌做菜。也许伯母那个年代的人觉得做菜是种乐趣，可是我还是希望假日的时候，可以到很多地方好好休息。”

“哎呀，讨厌做菜的太太，那先生可就可怜了。”

“喂！又没有人说要结婚……”

“当然。我只是说，佐和子未来的老公很可怜而已。”

我妈去洗手间的时候，我连忙向佐和子抗议。佐和子好像这才回过神来。

“啊！对不起。因为越聊就越觉得她好像我真正的婆婆，你体谅一下我这个下个月就要结婚的人……”

我妈从洗手间回来，我换了话题，问她难得来东京一趟，有没有什么想做的事。我妈难以启齿似的迟迟不肯说，有了调整好态度的佐和子温柔的鼓励，她才吞吞吐吐地把她想做的事说出来。

“绝对不可以笑哦！我呀，只要一次就好，电视里不是常演吗？有人妖什么的，我想去有那种人的店。”

佐和子不知如何作答，而我也因为别的原因而心神大乱。

我蓦地想起佐和子在电话里说的“不能介绍给自己母亲的女人”这句话。然后，我得出了结论，虽然意义有些不同，但这也算是一种介绍吧。

我立刻打了电话。刚好休假在家的阎魔一开口就问：

“怎么样？你妈还好吧？”

他好像真的很担心。

“我跟你说，我妈想见你。”

“见、见谁！”

“见阎魔你啊。我帮你们介绍，可以过来吗？我在S酒店的大厅等你。”

我可以想象阎魔放下听筒之后那种惊慌失措的样子。穿套装比较好吧？不，还是自然一点……会不会嫌我年纪比你大？我做那一行的事情，以后再说就可以了吧。你要跟你妈说，我可是有高中学历的哦！自己讲总是有点那个嘛……

回到佐和子和我妈等待的餐桌时，我再也忍不住，按着肚子笑出来。这是昨晚的事了。

但是，等了三个小时，阎魔还是没有出现。佐和子因为未婚夫会打电话给她，所以撒谎说明天要早起工作，已经回去了。我妈说她担心我爸，打了好几次电话。回到桌边来的妈妈说：

“你爸今晚好像什么都没吃。”

嘴里说得自豪，脸上却是已经决定搭明天第一班飞机回家的表情。佐和子回去之后，我妈冒出一句：

“因为是你的对象，所以我不好说什么……不过我有自信，妈妈我做菜的本事，可是能让一个男人宁愿饿死也不肯吃别的。”

我妈回酒店房间休息，没办法，我也离开了酒店。回到一如往常的屋子，却没有阎魔的影子。只剩下乱翻一气的衣橱和餐桌上的纸条等我回来。

我看了纸条之后，开始看录像带——和阎魔一起拍的所有的录像带。

天亮了，朝阳射进来；太阳下山，到了阎魔的店开店的时间，阎魔还是没有回来。

我又看了一次他留的纸条。

还是不行。我再怎么想，都无法想象和你母亲一起做菜的自己是什么样子。乡下的婆婆好像会很挑剔口味，光想都麻烦。梦想是和媳妇一起做菜，这年头有哪个女人会理这套啊。不用说，我也拒绝。更何况，儿子把我这种人当对象介绍，有哪个父母会高兴？当然啦，我是个有经济能力、心地又善良的女人，可是做父母的看重的毕竟不是这些，他们要的是儿子娶个可爱的老婆，生下可爱的孙子呀。我不知道你家是继承了多少代的什么传统家庭，但我敬谢不敏。我没有权利让你成为你家最后一个儿子，也负不起这个责任。虽然你不是向我求婚，可是女人到了这个年纪，要见男方的父母就是这个意思。

反正，我完全没有照顾你一辈子的意思！

其实，我知道阎魔现在人在哪里。之前说过，阎魔在打电话的时候有个习惯，就是无意识地把对方的话和自己说的话零碎地写下来。电话旁就放着他写过的便条纸。

> 玛丽娜。让我住你那里。他。母亲。不是的。不是那样的。新宿。酒店。介绍。我。他。温柔。真心？我相信。不相信。他。温柔。K公园。一个人。没办法。敌人。笨蛋。早就知道。假装不知道。认真的笨蛋。温柔。他。

温柔？东京名产人妖。差点就要把阎魔当作观光名产来对待的我，很温柔？一看完录像带，时间前进的速度一下子慢了下来。仔细一想，从昨晚到现在，我整整一天什么都没吃。天亮之后，阎魔就会回来了吧。他要是不回来，我真的会就这样饿死。

我试着去想，在阎魔回来之前，要怎么样才能让时间过得快点。认真地做些事是个不错的主意。这么一来，时间一下子就过去了。我在这个家里做过什么认真到忘了时间的事？

我打开日记，然后看了阎魔的名字第一次出现的那一页。我拿修正液仔细把那个名字涂掉，然后在上面以我平常强而有力的笔触，填上“岩仓雅人”。

把为数可观的“阎魔”全部改写完的时候，他一定会回来吧。不过，我肚子好饿。

我在没有人的房间里，怯怯地发出声音："我肚子饿了。"

碎片

那年夏天，他们家的男丁出门到海边去玩。

父亲昭三拿了外卖的三人份便当，儿子们便坐上送货卡车。岳志吵着“我要坐后面”，哥哥大海硬是把他塞进前座。

送货卡车没有冷气。卡车开上通往海边的县公路，一穿过凿岩而成的隧道，浓浓的海潮香便吹进车内。

每次换挡，父亲冒汗的手臂便会碰到岳志的大腿。挤着坐在一起的哥哥大海身上，也发出骄阳晒出来的稚嫩汗水味。

卡车停在山腰，从这里开始，他们必须走一段杂草丛生且坡度陡急的兽径。父亲分给他们兄弟一些行李，岳志背起自己要拿的东西，没有靠任何人的帮助便开始爬下兽径。兽径尽头是一小片空无一人的沙滩和晒不到太阳的冰凉礁岩。礁岩那里可以抓到很多叫作米那的小型螺类。

“今年妈妈不在，可以走快一点。”

“妈妈不在还不是一样，有你在就只能慢慢走。”

大海头也不回地大声回应逞强的岳志。昭三从开车的时候就一直默默无语。

以往来这儿时，他们常因为岳志兄弟的母亲而在兽径上停顿。

“哥！你记不记得？妈妈以前从这里掉下去过对不对？”

“不是这里，要再过去一点……你看，妈妈是从那棵长了青苔的树那里掉下去的，然后卡在这条水沟里。”

“对对对。草像网子一样救了妈妈。大家跑过去看，妈妈吓得要死，还说‘不要只顾看，快点救我’。”

“简直就像粘在蜘蛛网里面。”

“别只顾着讲话，快走!”昭三的声音打断了笑得开心的儿子们。

岳志看着父亲肩膀上深陷进肉里的冷藏箱背带。距离礁岩还很远。

绿灯亮了，卡车开动。载满啤酒箱的货台曝露在盛夏的大太阳底下。卡车每次开动的那一瞬间，啤酒箱似乎都会垮下来，但被照在上面的烈日稳住了。

至今仍有路面电车行驶的长崎，马路中央铺着石块，当然，一般车辆行走的车道是铺柏油的，但右转的时候都必须碾过那些石块。石块已经松动了，每次卡车压过去都晃得厉害。

“会不会载太多了？”

大海这么说。坐在驾驶席的他，小心翼翼地开在石板路上。坐在前座的岳志任由身体随着车子晃动，没有回答他的话。

右转之后，卡车进入酒家林立的小路。这里行人很多，大海踩了好几次刹车。

“这一带也完全没变哪。”

大海边开车边低声发出深深的感慨，旁边的岳志却对他嗤之以鼻。

“你也才一年没回来而已吧？”

“因为东京很夸张啊！只要一年的时间，附近就会盖两三栋房子。”

“别人盖多少房子，都跟哥无关吧。”

“话是没错……”

“你在那边不是跟女朋友住在一起吗？是什么样的房子？”

“没什么，很普通的公寓。和你弄出来的房子比，任何房子看起来都很平凡……不过，一年没看到，昨天去参观了一下，外观比以前更恶心了。”

“是吗？”

“……我可没见过哪家的屋顶是用啤酒瓶盖的。”

岳志朝窗外吐出积在嘴里的口水。

昨晚，一年不见的哥哥外表完全变了样，几乎令人不忍直视。惨白的手臂没有一丝肌肉，眼神让人感觉到一种说不上来的狡猾。岳志心想，才短短一年，人就会发生这么大的变化吗?

“哥，你有女朋友的照片吗?”

“照片? 我哪会有那种东西啊!”

“我就有。”

“你有女朋友了?”

“要看吗?”

说着，岳志打开了仪表板下的置物箱。

“你啊，该不会又跟以前一样，每次见面都拍照吧?”

“对啊，我都会拍。”

“女方不会讨厌吗?”

岳志没有回答这个问题，从置物箱里拿出几张拍立得照片，依拍照日期排好，拿到一脸担心的哥哥面前。

大海接过那些照片，一张张翻看。一个感觉挺可爱的女人，每张照片里都露出大方的笑容，看不出厌恶的样子。

在距离订货的那家小酒馆不远的地方，大海停下了卡车。卡车前面一袋袋垃圾散落满地。他把拿在手里的照片扔回去给岳志，暗暗叹道：

“倒垃圾也不会好好倒吗?”

岳志把大海丢还给他的照片放进透明塑料袋里，又放回置物箱。在旁边看着他的大海，再度把视线移往满地的垃圾袋，大喊：

“可恶! 我直接碾过去!”

岳志连忙制止油门踩了一半的大海。

“等一下！要是缠住轮胎反而更麻烦。”

岳志跳下车，把挂在脖子上的毛巾扔进车里。一股浓浓的汗味从扔进来的毛巾上散发出来。

大海手指弹着方向盘，望着整理垃圾袋的岳志。烈日曝晒的地面升起浓浓的蒸汽，双手提着垃圾袋的岳志在其中来回了好几次。每当岳志放下抓在手里的垃圾袋的那一瞬间，手上脏污的工作手套看来便有如翻飞的蝴蝶。

岳志搬动垃圾的手臂左右两边颜色明显不同。他的双臂的确又黑又壮，但右手晒得更黑。左右不同的颜色，是岳志自高中毕业便留在老家继承父亲酒行的证明。每天都开着这辆没有冷气的卡车，所以靠窗的右手自然承受了更多的日晒[1]。

大海的视线来回比较自己握着方向盘的手臂和弟弟搬运垃圾的手臂。

其实只要足以让卡车通行就好，岳志却好像不做到完美就不满意。堆好最后一袋垃圾，岳志从垃圾堆之中抽出一捆杂志，朝着在驾驶座上等待的大海喊：

“哥！我找到A书了！要不要带回去？”

岳志兴高采烈地举起杂志的手，是晒得比较黑的那一只。

1　日本车辆靠左行驶，驾驶座在右方。

驾驶座上的大海没有回答，等岳志把杂志丢进货台，回前座之后，卡车便又开始前进。

“哇，哥，你的手臂好白。你在那边不会去海边啊？像湘南之类有名的海滩不是很多吗？”

岳志不约而同地提起手臂颜色，大海看了他一眼。

“……哥，问你呢，你不去海边啊？不是有很多有名的海滩吗？”

“所谓的有名，就是人很多的意思。在人很多的海边能干吗？”

“不是一样吗，人再多，还是海比较大吧？”

出现了几秒钟的沉默。沉默似乎要像糖一样化开来。岳志面向哥哥等待回答。然而，大海却没有要作答的样子。看到哥哥的侧脸，岳志明白了东京的海并没有那么宽广。

“哥，回去的时候顺便绕到阿凉哥的工地。”

“干吗？”

“去拖水泥和沙回去。”

“你要用在哪里？”

“我要贴厨房的瓷砖。”

“……我可不会帮你哦。”

“谁要你帮忙了？”

突然有辆摩托车插进来，大海猛按喇叭。

第一个送货地点小酒馆“美里”，妈妈桑已经来上班了。

店门一反常态地敞开，迎入夏天的风，店内脂粉不施的妈妈桑正在看报。看到扛着啤酒箱进来的大海，妈妈笑着对他说：

“哎呀呀，我还以为是你爸爸呢。”

大海粗鲁地放下啤酒箱，报以一笑：

“我比我爸年轻多了吧？”

“什么时候回来的？”

“昨天。一回来马上就被派来送货，偶尔才回家一次还这样。真的连一个小时也不让我休息。”

“你在东京怎么样？一定猛追女孩子吧！”

“没有，我正经得很。”

“又来了，就爱骗人。东京的女孩子很难追吧！你一定被她们耍得团团转，有没有？”

两人开始聊天，岳志来来回回经过他们面前，利落地搬运啤酒。把啤酒放进冰箱、装设生啤酒桶。管子插进新的啤酒桶之后，要放一阵子气。吧台里堆着昨晚的空瓶，把这些移到别的箱子里，搬到货台上堆好。再次回到店里的时候，哥哥已经坐上吧台。

妈妈桑问边擦汗边回到店里的岳志：

“对了，岳志，忘了问你，上次的沙发全都放进房间了？”

“上次的沙发？那是什么？”

对如此提问的大海，妈妈桑回答：

“上个月我们店重新装潢，换了新沙发。你看，跟上次来的时候不太一样吧？”

“啊，真的……咦！那，之前那些花花绿绿的沙发给岳志了？”

“对呀。那套沙发放平常的房间可能太花哨了。”

“岳志，你全放进你那里了？”

“对，在二楼的和室。”

岳志撕下一张收据。

“妈妈桑，你不觉得我弟的审美有点奇怪吗？”

“是吗？”

“你看过那房子没？”

“看过呀，很漂亮呢。尤其是那条通路，亮晶晶的，我很喜欢哦。”

“你喜欢那条通路？”

“那个可是花了我两星期做的。”

岳志自豪地说，在收据里填入金额。

每晚打了烊，吃过晚饭之后，岳志澡也不洗，就走回离家里有一小段下坡路的“自己的家”。那里原本是父亲买来当仓库的废屋，但是岳志上高中时，附近开了一家便利店，便用不着那间仓库了。废屋弃置了一段时间，高中即将毕业的时候，岳志突然开始动手改装。

进了废屋的玄关，首先便是八张榻榻米大小的房间。岳志把每个月的零用钱存下来，买了第一张榻榻米，这便是改装作业的开始。接下来每隔几个月买一张新的榻榻米，让岳志乐不可支。看着兴高采烈地去买榻榻米的岳志，父亲一脸不可思议地说：

“一般像你这种年纪的男孩子，应该是对摩托车啦、车子有兴趣才对啊。”

当时，天花板上还有厚厚的蜘蛛网，窗户开得再久，霉味还是一样浓。连岳志本人也没想到，自己竟能把这里改装得如此完美。

但是，当哥哥从当地的大学毕业，到东京工作，岳志独自开始正式在酒行帮忙时，那已经不能叫作兴趣了。从一张榻榻米开始的改装作业，不知不觉已发展为以水泥制作外墙的大工程了。

“你难得回来一次，偶尔也两兄弟一起来喝一杯嘛。”

岳志和大海身后传来妈妈桑的邀约，正准备走出店里的时候，妈妈桑又说：

“岳志！今天是星期三，樱花会来上班哦！”

岳志头也不回地回答“嗯，我知道”，便坐进卡车。

坐上驾驶座的大海问：“她说的樱花是谁啊？”

岳志便默不作声地指着仪表板。

“刚才照片里的女人？”

“对。”

“还对呢，你已经在迷酒家女了？”

“谁说我迷酒家女了？”

“呦！真有你的。她年纪比你大吧？”

大海嘴上调侃岳志，看他有什么反应，反而被岳志目不转睛地盯着看。他的视线看来像是单纯地说着“都什么年代了，和比自己年纪大的女人交往很稀奇吗？”，也像隐藏自己年轻稚拙的一道脆弱的盾牌。

只不过在日头下停了几分钟，卡车里的气温就上升了不少。岳志抽出屁股下的毛巾，擦掉额上的汗水，又把毛巾围在脖子上。

每次遇到红灯停车，大海就想打听樱花这个陪酒小姐的底细，但不管他怎么问，岳志都不作声，就这样应付过去。对于大海反复要求至少透露一下那个小姐的年纪，岳志低声冒出一句：“哥，你到东京去之后变得好啰唆。”

两人利落地送完酒馆一带的货。以备用钥匙打开小酒馆或小餐馆的门，打开昏暗店内的灯。一进到店里，不知是因为阳光照不进来，还是室内仍残留着昨晚的冷气，可以感觉到肌肤上冒出来的汗水在一瞬间缩了回去。但是，从货台上扛下啤酒箱，硬把身体塞进狭小的吧台，大腿部分一下子便冒出汗来。当然鼻尖和脖子也有汗水滴落，在地毯上形成好几个圆形的印迹。

送完酒馆一带六家店的货，岳志一上卡车，只见好久没有活动身体的哥哥连汗也不擦，便瘫在前座上。

“怎么，已经没力了？”

岳志一边问，一边代替哥哥坐上驾驶座。

这个坡路众多的城市里，卡车能够驶入的地区相当有限。从停车的地方到送货地点爬个十多分钟的坡是家常便饭。

“今天最后一家是大浦。”

“大浦？那个县议员的家？”

“对。”

“饶了我吧！我这种体能怎么爬得上那么长的台阶啊！”

岳志想起比腕力第一次赢过哥哥的那一天，开心得不由得踩下油门。

把卡车停在坡道的尽头，一人扛起一箱啤酒。每走一步，肩上的啤酒箱就重了一分。依照从小的经验，爬坡时若中途休息，脚就会使不出力气，所以两人绝对不在中途休息。即使额上的汗水流入眼睛，也绝对不停步。

“这真的是最后一家了吧？”

“对，最后最后。剩下的明天送。”

兄弟俩并肩爬坡，听得出彼此的气息越来越急促。

抬头望着长长的阶梯，有个撑着白色阳伞的年轻女子，正等在一旁让路给他们。虽然感谢她的好意，但反而不得不加快脚步，岳志鼓起劲来一步踏两阶，爬上坡道，身后传来哥哥“等等、等等”的叫声。

在路旁侧身等候的女人对岳志说：

“天气这么热，真辛苦。”

因为很少被人搭话，岳志的口气不由得有些生硬，冷冷地答道：

“天气不热啤酒就卖不出去。”

大海立刻追上来，笑着说：

“不好意思哦，这家伙很不会说话吧？”

错身而过的瞬间，他们的汗味和女人身上的柑橘味香水混在一起。听到背后女子开始下坡的脚步声，两人忍不住停下来。

“好香啊。”

“嗯，好香。”

艳阳下的坡道继续向上延伸。岳志先起步，对还不肯动的哥哥说：

“今晚的啤酒喝起来一定很爽口。”

县议员的家在山顶上。平常送完一个月份的货，回程就得把为数众多的空瓶搬下来。在户外任凭风吹雨打一个月的空瓶，满是泥土尘埃，有些里面甚至还有死蜘蛛。

但是，岳志认为，有死蜘蛛也好，沾满泥土尘埃也好，和去程的上坡一比，回程的下坡轻松多了。

货全部送完之后，岳志把车开回店里。路上绕到阿凉哥的工地，把托他准备的水泥和沙袋堆在货台上。大海在前座一路睡到卡车开回店里的车库。昭三站在店头，看着儿子们接二连三把装了空瓶的箱子从车库里的卡车上搬出来。

“岳志，别放进仓库，空瓶堆这里！”

听到父亲的声音，大海扔下箱子。

“要就先说啊！”

“怎么，大海，已经累了啊？”

“谁说我累了！”

“为什么不能放仓库？”

在货台上的岳志边拉动哥哥扔下的箱子边问。

“刚才‘园乃蝶’酒贩来过，留了一个星期的货堆仓库里了，因为下星期就放中元假了。”

岳志点点头：“啊啊，对哦。”再度展开货台上的作业。

站在店里柜台边喝烧酒的真吾哥听到他们的声音，走到店头。

“哦，哥哥回来了啊。什么时候从东京回来的？”

靠在货台边的大海朝真吾哥举起手。

“昨天晚上。”

“哇，你白得跟女人一样。该不会上了粉吧？”

待在店内的泥水匠常客们也走出来，和真吾哥一起放声笑了。

一到傍晚，结束一天工作的泥水匠大哥们，便会到店里来喝杯酒。因为直接从工地来，所以在夏天的夜晚，男人的汗水和嘴里冒出来的酒精气息，让店里充满呛人的味道。不久，可能是受不了自己的味道，便一个接着一个拿着杯子来到户外。然后往啤酒箱或清酒箱上一坐，乘着下坡吹上来的凉风，开始喝酒。

若是安分地喝倒也罢了，一旦开始有了醉意，就开始对行经店门口的年轻女子开玩笑，所以他们那一区的妇女经常向父亲投诉。

岳志就不用说了，哥哥大海也一样，从小就和这班大哥们混得很熟。每个星期一定会到真吾哥家去要成堆的漫画，真吾哥会带他们到杂货店去抽签，一直抽到抽中为止。偶尔真吾哥赌赛艇中了大奖，就会叫他们把想要的东西全部写出来，还曾经一次给他们买齐了篮球和篮球鞋。

不管是真吾哥，还是其他的大哥，谈话的内容不外乎常去的酒店来了什么新的小姐，或是预测下星期举行的赛艇，虽然是站着喝烧酒，也不会真去非礼经过店门口的女子。

只是，岳志还记得小学的时候，同班的女生曾经对他说过这句话：

“你家前面一到傍晚就变得好可怕，我都不敢走。”

岳志一时之间不明白有什么好可怕的，他猜想，大概是浑身汗臭味的男人或是全身泥巴的男人，在女生看来很可怕吧。而这个想法，至今依然留在内心某处。

真吾哥对倚在货台上看岳志工作的大海说：

“哥哥来这边一起喝吧！讲东京的事来听！”

昭三笑着说“多讲一些给他们听”，跛着脚回到店内。昭三的痛风一天比一天严重。

真吾哥从店里的冰箱拿出一瓶啤酒，再走到外面。和大海面对面在箱子上坐下，往两个玻璃杯里倒啤酒。啤酒冰得很透，不久玻璃杯上便结了霜。又黑又脏的水滴，从下了工的真吾哥手里的玻璃杯，沿着他手臂往手肘滑落。

“东京怎么样？到处都是人，很难住吧？”

“已经习惯了，都三年了。”

“已经三年了啊？反正你在那边，也是到处追女人吧？怎么样？那边的女人比较漂亮吗？”

“都一样啊。只是人多，美女也就跟着多。”

大海一口气喝光真吾哥递给他的啤酒。每吞一口啤酒，没刮干净的胡子便跟着大幅起伏。真吾哥边倒第二杯，边指着开始往货台堆明天要送的货的岳志。

“你弟弟很了不起哦。才这个年纪，就已经在包养女人了。”

“包养？你说的该不会……是‘美里’的那个？”

“哦，你已经知道啦？对啊，一个叫樱花的陪酒小姐。他还为那个女人租了公寓哩！”

“公寓？岳志吗？”

“对，那个小鬼。”

“我爸知道吗？”

“你们老爸什么都知道。他说随他去！”

真吾哥对搬完明天的货的岳志笑：

“喂，岳志，你是个了不起的男人哦。”

岳志朝他们看了一眼，似乎立刻明白他们在谈些什么，难为情地皱着脸说：

“不行吗？”然后出言嘲笑道，“真吾哥，你不快回家，由美子姐又会气得来找你哦。”

“你不懂啦！老婆要偶尔气一气才好。”

“由美子姐说，你放假都跑去赌赛艇，冷落了她。”

岳志靠在卡车的货台上这么说。

“这什么话啊！我是故意的。”

“故意的？”

“没错。我要是全心去爱我老婆，她马上就会跑走。男人就是要让老婆抱怨老公不理她，这样才刚刚好。”

真吾哥笑出声，在他身旁的大海也苦笑。

太阳开始下山，冷风从山坡下吹上来。

岳志拿布把卡车盖上，消失在店里。大海确定他进了店，再度问真吾哥：

“我只在照片里看了一眼，她是个什么样的女人？真吾哥认识吗？”

“什么样的女人啊，我也不太清楚。”

“真吾哥，你也知道吧？在女人那方面，岳志有点怪怪的……”

“啊，哦，是啊是啊。不过，这次应该没问题吧？”

“怎么说？”

“怎么说哦，他们在店里都挺亲热的啊。”

“她是什么样的人？”

大海又问了一次，真吾哥虽然提了一些樱花的情况，但内容却不出传闻的范围。当初带岳志去小酒馆“美里”的，就是真吾哥。据真吾哥说，这个女人似乎有什么苦衷，几乎不提自己的事。从口音听起来，应该是来自五岛列岛，但也仅止于此了。从“美里”的妈妈桑那里，也只知道她是半年前突然出现在店里，要求在店里工作而已，连妈妈桑也不太知道她的事。

“这是我自己猜的啦，她搞不好是结了婚，从她男人那里偷跑出来的。不过，这只是我自己想的。”

真吾哥有如预测赛艇般兴奋。

“从男人那里？”

“没错。”

夏天的太阳迟迟不肯下山。隔壁人家传来晚饭的菜香味。大概是附近养的狗吧，一条戴着项圈的柴犬，似乎要倾诉什么似的向两人靠近。真吾哥把吃了一半的鱿鱼干扔过去，柴犬以前脚压住，拼命想咬碎。

“肚子饿了。再不回去，老婆真的会来找人。”

真吾哥就着瓶口把剩下的啤酒喝光。

“对了，你在东京有女人了是不是？”

“哦，有啊。现在住在一起。”

“嘿，是你在养她？”

“我哪养得起啊。她自己也有工作。”

“那你们干吗在一起？”

“不干吗呀，跟女人住在一起，又不一定非养她不可。”

“男人不照顾女人，谁来照顾?”

“可是，东京的女人都很独立，没有男人照顾也无所谓。”

“哈哈哈！什么独立啊！这种女人不叫女人！能靠自己生活的女人，就没有必要和你住在一起。最好赶快把她赶出去。”

真吾哥从啤酒箱上站起来，鄙夷地俯视大海，低声说“和你比起来，岳志还比较有出息”，便和同一个工地的男人们一起走下坡道。

总算走完坡度陡急的兽径，岳志他们在挡住阳光的礁岩之下，摊开一张大大的野餐布。

每次妈妈会占据坐起来最舒服的地方，然后拿出浴巾和泳衣，以一句“今天谁会捡最多米那贝回来呢?”为潜水揭开序幕，但今年夏天却没有。

和哥哥一起摊开野餐布的岳志，默默换上自己的泳衣，等父亲下海。换好衣服的父亲从包里拿出三个网子，一言不发地把网子递给岳志他们。

岳志他们接过网子，跟在父亲身后走向海边。哥哥踏上父亲踩过的岩石，然后岳志也跟着踩，走下礁岩。岳志好几次想踩海蟑螂，结果一只都没有踩到。

“你们在这边潜。”

父亲指着较浅的水对岳志他们说，然后自己便跳进较深的水中。高高溅起的水花喷到站在礁岩上的岳志们的胸口。

父亲朝向大海游了一小段，很快开始在海中潜水。浮在海面上的身体突然对折，只有臀部突出来。转眼间臀部下沉，笔直伸长的双腿宛如指向太阳般露出海面。

岳志他们跳进浅浅的海水中，抱起脚边较大的石头，尽快沉入海底。等脚踩到底，岳志拿原本抱在手里的石头压住脚背，让身体不至于浮起，然后开始把附近的米那贝放进网里。

眼前同样打开网子的哥哥，想把米那贝贴在岳志的泳镜上。顺利地贴上之后，哥哥的笑形成气泡往上漂浮。抬头看往上漂的气泡时，可以看见照耀海面的太阳。

两人把脚从石头底下抽出来，一起浮到海面，大口大口吸气。岳志的泳镜上还粘着米那贝。

连续捡上三十分钟，便可填满小小的网子。如果在平常，他们会拿到阴影下的野餐布那里去，但这次就算去了，也不会有人欢喜地迎接他们。

岳志比哥哥落后一些，总算把网子装满了。正准备爬上礁岩的时候，看到哥哥坐在那里。岳志还以为哥哥早就回到野餐布那里了。

哥哥把装了米那贝的网子夹在两腿之间，抬头往野餐布看。腰部以下还浸在海里的岳志，也不经意地朝那个方向回头。

摊开的野餐布有点歪斜，上面是散乱的衣服。有时海风会撩起三人的衣服裤子。

“哥哥！会被风吹走！”

“啊？”

“你看，风……”

“嗯，不会的。”

“可是，你看啊，风……”

“我说不会就不会！绝对不会被吹走的！”

哥哥大吼的那一瞬间，风好像突然停了。散乱的衣服旁，放着以紫色方巾包裹的外卖店饭盒。岳志想起几星期前的葬礼。那时候抱着骨灰盒的，是哥哥，不是自己。

那年夏天下起局部地区大雨，妻子多惠子突然被泥石流冲走了。

“如果一家子一起去，繁子阿姨一定会留我们在她家坐的。”因为妻子这么说，昭三便在稍远处停了车，和儿子们在车上等。独自下了车的妻子，撑着男性用伞，往雨刷的另一端消失了身影。

过了不久，眼前那条大水沟水位突然增高，混浊的水向道路这边漫出来。昭三倒了车，下车去看四周的状况。儿子们也好奇地跟着下车，淋得浑身湿透，张嘴想接天空落下的大颗雨珠。

“谁敢把衣服弄湿谁就挨骂！”

尽管这样斥喝儿子，他自己也没有撑伞。

过了五六分钟，妻子回来了。要前往车子这边的道路，唯一的办法是渡过泛滥的水沟。虽然已经泛滥，但也才漫到膝盖，只要有昭三拉她一把，也不至于过不了。

“真讨厌，竟然选这种日子来送中元礼，我也真笨。”

站在对岸的妻子笑着叹气。

“好了，你在那里等。”

昭三走进水沟里。儿子们好奇地望着父亲的背影。混浊的水淹没昭三的膝盖时，树林里突然传出咔沙咔沙沉重的声响。在声音响起的同时，水流转急，妻子滑了脚。儿子们为了救母亲，跳进水沟里。

眼前被浊流淹没至胸的妻子，虽然惊慌，不知为何却高高举着伞。

“妈妈！”儿子们在昭三身后叫。

“不可以过来！”妻子大喊。

“不要动！”

昭三这句话是对妻子与儿子双方说的。耳中听到骇人的啪叽啪叽声，原来是夹带断枝残叶的洪水仿佛想击倒妻子般，往她身上猛冲。

昭三只能伸手望着妻子。被冲走数十米之后，妻子抓住电线杆停了下来。在泥水中出现的妻子，额头上贴着带水的枯叶。

“不要动!”

昭三往泥水里冲，儿子们也手牵着手，跟在他身后。

“不可以过来!”

满脸是泥的妻子向儿子们大喊。

昭三来到差一点就可以抱起妻子的地方时，听到身后传来尖叫。没站稳的岳志松开了大海的手，被冲到反方向。昭三连忙朝那个方向赶过去。岳志溺水的地方水位还很低，喝了泥水的岳志剧烈咳嗽，昭三双手抱起他，立刻回头。

然而，本应抱住电线杆的妻子已失去了踪迹。当他去救儿子的时候，妻子没有叫喊被浊流吞没了。

上个月，岳志亲手铺了连接坡道与废屋间数米的通路。

店后的仓库有堆积如山的空瓶，看起来也像无数勃起的性器并排着。岳志挑选出透明闪亮的空瓶，拿铁锤敲破，把碎片埋进铺了水泥的通路。新的通路看起来活像爬了好几百条蛇、好几百只蜥蜴。

水泥干透之后完成的通路，在附近也颇获好评。甚至有学童放学后特地绕远路来走这条铺了玻璃的通路。

岳志想在洗澡前再贴一些厨房的瓷砖，便从卡车货台上卸下白水泥和沙。把这些堆上独轮手推车，推在玻璃通路上，林叶家的阿姨叫住他:“今天要做哪个地方?”通路上刚好可以看见阿姨家的厨房。敞开的窗户传出烤鱼的味道。

“鲕鱼烤好了？”

“对呀。很香吧？”

“我现在正要去贴厨房的瓷砖……”

“哦……对了，刚才有人在这里拍照呢，只是不知道是谁。”

“拍照？拍这个房子？”

“对呀。一些上了年纪的老先生，讲一些我也听不懂的话，乱拍一阵就走了。”

“哦……不知道是谁哦？”

“天晓得，不过，经过这么稀奇的房子，任谁都会拍了照再走的。”

“拍照总比小孩子拿石头扔屋顶的瓶子好。”

岳志笑着再推独轮推车。

停好推车，走进屋里，因为一整天关着窗，闷住了白天的热气，汗水便一股脑儿冒出来。他知道贴瓷砖的步骤。首先，在厨房墙上或地上贴纸，在上面放金属网，然后把事先拌好的灰泥抹平，再涂上糨糊。接着把事先买来的绿色瓷砖平均、整齐地排好之后，便先到室外一趟，好抽根烟，风干背上的汗。岳志平常不抽烟，只有在进行这个作业的时候，会抽一根hi-lite。下坡吹上来的风很快便会把背上的汗吹干。

把白水泥和沙倒进平底的水桶，边加水边搅拌。水泥与水的比例是真吾哥教他的。他从工具箱里取出镘板，挖起拌好的水泥，再度进入厨房。一看见排列得整整齐齐、一丝不乱的瓷砖，便忍不住露出得意的笑容。

岳志小心翼翼地以白水泥填平稍微打宽一些的瓷砖间隙。额头上滴落的汗水，不时滴在瓷砖上。

正以刷子除去多余的水泥时，大海来了。他边跨过成堆的瓷砖，边对岳志说：

“老爸叫你去洗澡。”

“噢，知道了。”

“还说，洗完澡一起去吃煎饺。”

“好。我这里弄完就去洗。哥你呢？已经洗好了？”

“还没。”

“那你先洗！”

“……我说你啊，屋顶排一堆啤酒瓶就算了，连内部装潢也……这是什么？”

“……”

岳志继续刮地板的水泥。

来到厨房的大海，摸起屋内各处。岳志抬起头，紧张地望着哥哥。

“好比说这面墙，不要弄成黄色……要是白色看起来就比较舒服……”

“不要乱摸。”

“摸一下有什么关系，又不会怎么样。再说，这房子有一半是我的……跟你开玩笑的啦。这种破房子谁要啊!”

岳志按着瓷砖的背影微微颤抖。

“……还没干。拜托，不要摸好不好?”

“干吗啊，难得来看一下……啊——真可笑，我去洗我的澡。”

大海踢开竖起来的扫帚，走出厨房。岳志朝着在玄关穿鞋的大海叫:

“哥!内裤那些收在衣柜下面的抽屉。脏衣服不要乱丢，要放进洗衣机里。”

大海没有应声就走了。

独自留下来的岳志继续做了一阵子之后，一如以往地清洗镘板，收回工具箱，把白水泥和沙袋搬上独轮推车，再度从坡道上推回来。

把独轮推车推进仓库之后，听见浴室窗户传出哥哥的哼歌声。

“你还没洗好?”岳志问，得到这样的回答:

“洗好了，我要出来了。”

关掉仓库的灯，随即走向浴室。进了更衣间，哥哥正以浴巾擦拭身体。岳志边脱满是汗臭味的T恤边问:

“今天要不要去‘美里’?”

“你要去?”

“要。”

“那带我一起去。”

“不要对女人乱讲。”

“女人？谁啊？”

“明知故问。”

岳志脱掉内裤，粗鲁地泡进洗澡水里。哥哥一走出更衣间，他就把浴室的窗户大大打开。邻家这次传出烤肉的味道。

往蒙上雾气的镜子泼了水，里面映出自己晒黑的脸。岳志捏住鼻子，潜进热水里，把气全部吐进热水里。感觉好像一整天的疲劳都化成泡泡，从身体里漏出去了。他从热水里出来，正往身上抹肥皂的时候，父亲探头进浴室。

“洗快一点。你也要去吃煎饺吧？要走了。”

“等我一下。”

“对了，刚才姓‘青山’的人家打电话来抱怨。”

“青山？”

“你今天白天不是送货到东山手给他们吗。”

“哦，第一次跟我们订货的那家？”

“对对对，他们说啤酒一点都不冰。”

“还敢说！也不会在电话里把住址讲清楚，我找了好几十分钟。”

“是吗？不就在那个教堂的坡爬到底的地方吗？反正，要是他们下次再订货，要跟人家道歉！”

“我去的时候就道过歉了……”

“要走了……啊啊，可恶，大脚趾又痛起来了。”

“痛风药吃了没？”

“啊，对哦，我忘了。”

望着走出浴室的父亲，岳志粗暴地擦洗着身体。

三个男人洗完澡，坐进出租车之后，车子在一半铺成柏油的石板路上缓缓滑行。坐在前座的大海说：

“要吃煎饺的话，请司机开到龙云亭前面就可以了吧？”

“那条路最近改成单行道，麻烦绕到后面。”

昭三对司机说。

进了龙云亭，吧台已经满了，他们被带到二楼不太整洁的铺着席子的座位。三个人脱了鞋围着圆桌盘腿而坐，昭三注意到只有大海穿了袜子。

“哎呀，阿昭。真难得，今天带两个儿子来呀。”

拿着啤酒上楼来的老板娘招呼昭三，看看坐在他左右的两个儿子。

“哪一个是哥哥呢？”

老板娘看着岳志这边问。

“嗯？这边的是哥哥，现在待在东京。”

“哎呀，在东京呀。已经结婚了？”

“还没，还是个半吊子，而且现在没工作。”

“没工作？意思是什么事都不做吗？”

“谁叫他只想找轻松的工作，当然找不到了。哪有那么好的事。”

“我找的是适合自己的工作，才不是轻松的工作！”

“都一样。你以为世界上有多少人能做适合自己的工作！”

老板娘早就已经不敢作声了。岳志不理会拌嘴的两个人，往玻璃杯里倒啤酒。要不是父亲得了痛风，这时候很可能会打起来。老板娘发现岳志正在倒啤酒，抱歉地说：

“哎呀，对不起哦。让我来。”听到这句话，三个人也不敬酒，不约而同地一口气干了杯里的啤酒。白天一直没喝水，苦等这一杯许久的岳志微笑着对老板娘说：

“阿姨，真好喝，冰得好透。”气氛稍微缓和了。

老板娘往三个只剩泡沫的玻璃杯里倒酒，感叹着说：

“瞧你们父子仨，这啤酒可喝得够欢的！”

他们点了六人份的煎饺和韭菜炒猪肝。老板娘一下楼，包厢里便突然静了下来。

三个男人偶尔一起出来吃饭，下单到上菜的这段时间，总是虚耗过去。一整天都在一起，所以也没什么好聊的。结果往往是昭三拚命抽烟，儿子们喝一肚子啤酒。

“每次跟你们来吃饭都一样，不好吃。”

昭三边为自己倒啤酒边叨念，大海报以苦笑，而旁边的岳志则揉捏着脚底。

“你们吃完煎饺，要去喝酒吗？”

对于父亲的问题，按摩着脚底的岳志回答“要”。

“大海也要去吗？”

“啊？要啊，要去。”

“不要灌得太凶啊。”

煎饺和韭菜炒猪肝送来了，三人同样以单膝竖起的姿势清空盘子。吃东西的时候，也没有任何人想说话。

离开店里的时候，昭三抓住大海的肩膀。

“你在东京跟女人住在一起？”

“啊，嗯。”

明知道父亲想问的不止这些，但大海却只作了这样的回答。逃也似地想离开店里的大海，又被昭三一把抓住。

“我不担心你。你去跟岳志聊聊。”

“聊？”

“就是……有些事他不会跟我说，可是会跟你说吧。”

“……”

“他啊，会自己从收款机拿钱……”

“没跟爸说？”

“对。这是没关系啦，用掉也没关系……只是……”

“好几万吧？”

“对……不是啦，用掉也没关系。只是，你也知道的，他以前就这样，只要遇到女人的事就会……不太对劲吧？”

“那是以前的事了。那时候岳志也才高中……”

“是啦，我也这么想，可是你看他，不管是他盖的那个怪房子，还是这次跟陪酒小姐的事，我实在搞不懂。”

“岳志也已经二十三了啊。花钱在女人身上很正常吧？”

“是吗？”

“当然是啊。岳志只是想法有些偏激而已。”

本来在外面等的岳志开门叫大海：

“哥，你在干吗？快点走吧。”

昭三连忙结了账，和前往“美里”的儿子们分手，独自搭出租车回家。

儿子们到了十六七岁，开始在乎异性的时候，两人会带女同学回家，像过家家一样，和女孩子一起做自己负责的家事。

可能是因为家里只有男丁，不管是大海的女朋友，还是岳志的女朋友，来到家里的每一个女孩子，都受到郑重得令人难为情的对待。过度细心呵护，仿佛当她们是精细的玻璃工艺一般。甚至有女孩觉得这种态度很恶心。一个女孩子在只有三个男人的家里，突然被殷勤地建议去洗澡，当然不可能这么简单就脱下制服。

岳志十七岁的时候，开始和一个名字很特别、叫作“空”的女孩交往。她好像很早就有结婚的念头，一放学就比岳志还早回到岳志家，打扫房间、准备晚餐。

店里打烊之后，三个男人一起来到厨房，桌上摆着豪华得令人惊讶的生鱼片拼盘。

“哇！小空，今天吃大餐呢！”

继昭三之后，两个儿子也异口同声发出惊叹。

“我妈妈叫我拿来的，我是被逼的哦！”

穿着制服就座的小空，笑着迎接三人。他们后来才知道，小空家在新地市场卖鱼。

男人轮流去洗澡，赶着回到餐桌前。先洗好澡的昭三和大海快把生鱼片吃完的时候，岳志才匆匆赶回来，大呼小叫地说：

“你们怎么这样！她可是我女朋友呢！”

回想起来，岳志第一次为本来要当作仓库的那个废屋买榻榻米，正好就是那个时候。拿省下来的零用钱去买榻榻米的岳志，显得十分开心。

岳志买的第二张榻榻米，其实是送给小空的生日礼物。

“小空来的那天，岳志都会紧张兮兮地把废屋里的A书搬回来。”大海常笑他。

昭三只有在某个白天去看过废屋一次。打开坏了一半的挡雨窗，里面满是霉味。昭三穿着鞋子进屋，爬上嘎嘎作响的楼梯，二楼就铺着两张榻榻米。二楼干净整洁，一楼完全无法与之相比。榻榻米上竟然还摆着电暖桌。塞在电暖桌棉被里的枕头显得好刺眼，昭三连忙下楼。

电暖桌上的几本课本及挂在墙上的双节棍，也许勉强算得上是一种安慰吧。

小空来的日子，碗都由她帮忙洗。当然，岳志总是站在她身边，近得身体都快贴上去。

有一天，昭三正在起居室看电视，听到两人在厨房里争吵。但是昭三更在意的，是二楼大海房里传来的女人尖叫似的音乐。

“我想来的时候来，不想来的时候就不来，这样有什么不对？”小空说。

听不清岳志的声音。

“不必每天都拍照吧！为什么每天都要拍？”

“……”

“一开始是很好玩，可是每天拍来拍去，我也会很烦。”

“什么叫很烦！”

岳志突然失声大吼，让昭三往厨房看了一眼。

“烦就是烦。不管是午休吃便当还是放学回家什么的，为什么每天一定要和你一起才可以？我也有朋友，和大家一起吃便当又有什么关系！”

“够了！不必洗碗了，走！走啊！”

“不要！我绝对不要去那个房子！我不要拍照！”

听到小空大叫的声音，昭三跳起来，来到通往厨房的走廊。

“你敢拍，我就拿菜刀砍掉你那根手指，让你不能再按快门。”

小空的声音听来不是认真的，她自己也笑出来了。然而，就在昭三想往厨房看的那一瞬间——

“砍啊！你试试啊！砍了一根，我还有其他手指！”

岳志大叫，从小空手里抢过沾了肥皂泡的菜刀。

小空发出尖叫。昭三冲进去，抓住岳志的手腕，但菜刀的刀锋已经在岳志的食指上留下一个相当深的刀口。

昭三拿毛巾按住流血的伤口，带岳志到医院。所幸，血流得虽多，食指是保住了。

过了不久，昭三接到电话通知，说岳志又被送进医院了。自从出了上次那件事，就没再见过小空了。

流血事件活生生在眼前发生，似乎把她吓坏了。小空的母亲从女儿那里得知这件事，立刻把岳志叫去，严重警告他不准再和女儿见面，但岳志充耳不闻。

不管警告多少次，岳志还是不断到小空家去。对他这份执拗又惊又气的小空母亲终于打电话给昭三。昭三狠狠打了岳志一顿，但显然是白打了。

在那之后，岳志照样会在上学路上跟在小空身后，也不跟她说话，只是一直跟着她走。无论她如何回头抗议，他也只是露出充满自信的笑容，反正无论她走到哪里，他都像条狗似的跟着她。

逐渐开始神经过敏的小空，有一天，在傍晚骤雨中，对伞也不撑就跟着她的岳志扔了一块大石头。那块掉落在路边的湿石头，正中岳志的脸。

据说，岳志甚至完全没有任何闪避的意思。刚好目击现场的邮差急忙叫救护车，才保住了岳志的右眼。

那次的伤一痊愈，岳志便立刻开始正式改装废屋。

“男人的手指，和女人捏的饭团最相配了。能够吃得干干净净不散开，就表示你是一个大男人了。”

这是母亲的口头禅，岳志一直都记得。

昭三也不管附近外卖店说“我们不做饭团”，硬是要他们把便当的白饭捏成饭团。

整个早上，昭三几乎都在海里度过。儿子们采米那贝早就采腻了，正在另一侧的小沙滩上坐着自己带来的橡皮艇玩。

昭三双手提起装了米那贝的网子，出现在礁岩边时，儿子们不需要他开口叫，就已经往铺了野餐垫的礁岩跑来。

“好了，吃饭吧。把啤酒从冷藏箱里拿出来。”

岳志从冰块中取出啤酒，交给父亲。父亲撕掉外卖店的纸包装，把便当递给儿子。岳志他们打开便当盖，异口同声地抱怨：

“这什么啊！全都是卤菜。”

“没有蛋卷。”

岳志他们一看到吃的就先抱怨，并不是这时候才开始的。更何况他们即使抱怨，也不会不吃。一开始先抱怨，然后边抱怨边把东西吃光，其实都只是学昭三而已。

从海里上岸，湿淋淋的身体不擦干就坐在野餐布上，导致布上一摊摊积水。从头发滴落的海水，顺着已经晒伤的肩膀流了下来。

“这什么饭团啊，一点都不好吃。”

昭三咬了一口形状漂亮的饭团这么说。正在剥虾壳的岳志他们也连忙吃了饭团。

“真的，一点味道都没有。”

“而且又小……”

从这里，可以看见弧形海岸线的另一端有一个大大的海水浴场。沙滩上插着颜色鲜艳的遮阳伞，偶尔，扩音器播放的流行歌曲会乘着风飘到这里。

“蘸了海水搞不好比较好吃。”

“蘸海水？拿饭团去蘸吗？”

“不用啦！把手指泡在海水里弄湿，拿着饭团吃就好了。”

“这样就有海水的味道，可能比较好吃。”

岳志把吃了一半的饭团放回便当盒，和哥哥一起往海水方向走，小心避开打上来的海浪，双手泡在海水里。

为了不弄脏沾了海水的双手，回来时候双手腾空。岳志有好几次失去平衡，差点就得伸手去扶石头，但总算平安地回到野餐垫这里，学着哥哥立刻握住饭团，在手心里滚了一阵子，和哥哥同时咬下。

“怎么样？现在比较好吃了吗？”

在难得露出笑容的父亲面前，岳志试着品尝味道。

“嗯，有海水的味道，比较好吃了。”在哥哥这么说之后，岳志也笑了：

“变得像我们平常吃的味道了。”

冷风从刚才爬下的兽径吹到晒不到太阳的礁岩。父亲拿浴巾披在湿淋淋的肩上，岳志他们也立刻去找毛巾。

小酒馆“美里”已经有不少客人，吧台座位客满。真吾哥人在正中央，对进门来的岳志他们说：

“哦，你们也来了？”

“刚才跟我爸一起去吃煎饺。”

岳志和大海被安排到最里面的包厢。妈妈桑很快就拿湿手巾来，拜托岳志：

“生啤酒桶怪怪的，可以帮我看看吗？”

岳志进了吧台，开始调整生啤酒桶，有个女人担心地看着他的背影。看起来比那照片上老得多。

“妈妈桑，那就是樱花……”

大海还没有问完，妈妈桑便答“对对对”，要她端酒杯来。

“岳志经常来这里喝酒吧？”

“这个嘛，一个星期两三次吧。樱花上班的日子一定会来。他会待到打烊，送她回家。”

“岳志吗？”

“对呀。岳志很温柔……可是……”

“她是个什么样的女人？缺钱吗？”

“缺不缺钱啊……每个人都缺吧。要是有不缺钱的人，我倒想认识认识。”

妈妈桑话讲到一半，喝醉的真吾哥就从吧台过来了。

“来，偶尔也一起喝个酒。”满嘴的酒气喷到大海脸上。

“妈妈桑！你知道吗，这个小兄弟在东京和女人住在一起哦！”

“哎呀，是吗，这我倒是第一次听说。你要结婚啦？”

大海正要回答妈妈桑的问题，真吾哥却抢了话头：

“结什么婚！东京的女人独立得很，根本不需要男人。”

真吾哥黏在妈妈桑身上这么说，妈妈桑慢慢拉开他，一边回答：

“东京跟这里都一样，女人就是女人。”

大海往吧台瞄了一眼，岳志正坐在刚才真吾哥的位子上。毫不理会忘我地唱着卡拉OK的其他客人，隔着吧台，以专注的表情与樱花说话。

一位唱完歌的老先生，要樱花帮他调杯兑水的酒，岳志就摆出踩到大便的臭脸，不客气地瞪着他。

望着弟弟那个样子，大海一口气喝光了妈妈桑调给他的兑水酒，但是流进咽喉的小冰块，却让他咳得差点掉眼泪。

时间过了十二点，吧台的客人开始一一离开，岳志还是没有回到包厢，一直霸占着樱花。大海一边等岳志回来，一边猛喝送来的兑水酒，不知不觉间醉到甚至无法去上厕所。真吾哥也一样，头枕在妈妈桑膝上，打着鼾睡得正香。

“妈妈桑！你知道古驰吗？”

“当然知道……哥哥，你会不会喝过头了？”

“我根本还没喝。喂，你知道古驰吗？”

大海开始口齿不清地纠缠妈妈桑。

“当然知道呀。”

“她就说啊，想要那个古驰的包包。”

“谁呀？”

“就是跟我住在一起的女人。”

“在东京跟你住在一起的女孩子？”

“对，在那遥远的东京。那东西要好几万。不对，是好几十万。我怎么买得起呢？是不是？我怎么买得起那种东西送她啊？我说我买不起，她就说，那她自己去打工来买。”

“哦，那她很了不起呀？”

“哈哈哈！了不起？你知道她打的是什么工吗？”

“这个，我就不知道了……”

大海把鼻子凑到吞吞吐吐的妈妈桑脸颊边：

“她说她又不是卖身，就在房子里，就是我们一起住的房子里，你知道吗？你知道电话性爱吗？有男人会打电话来，一个连见都没见过的男人。”

“咦？在电话里做？”

“对。我在床上睡觉，然后就听到她在隔壁厨房里‘啊——哈——’的。有好几次我都叫她别干了，她说那样就可以赚钱，而且她买自己要的东西，叫我不要管。在那里‘啊——哈——’地叫到半夜哦。讲完电话，就在笔记本上写她讲了几分钟。把笔记送到不知道哪家公司，下个星期就有好几万汇进户头里。”

“没有其他打工好做了吗？东京不是什么都有吗？”

“唉，有是有，可她说她平常要工作到傍晚，要找在家里能做的工作，不是只有这个吗？说得好像没有办法似的。”

“这样啊。既然你这么不愿意她去做……就跟她说，你每个月存一点钱买给她，不就好了？”

“她马上就要。因为马上就要，所以等不及。”

岳志不时从吧台看纠缠妈妈桑的哥哥。虽然有好次几乎要走回包厢这边，樱花却不时有事叫住他。

“……不过啊，打电话来的男人里面，也有一些很好玩的。像上次，我在隔壁房间听她讲电话，打那通电话的好像是一个切腹狂。”

“啊？切腹？”

“对，切腹。说什么‘我现在要切腹，等我下刀了你再把我的头砍下来送我一程’。反正，他讲得很高兴。”

“什么？你也听得到电话里的声音？”

“不是啦，那时候因为听起来很好笑，她就把电话调成免提给我听。那个人演得很像哦。还说‘我现在要拿军刀切腹。也许你会看到我最后因痛苦而不堪入目的样子，但是没什么好怕的。知道吗，每个人都必须迎接死亡。知道吗，没什么好怕的’。我们两个忍笑忍得要死，他还生气了，说‘你要回答是啊’。她就忍住笑，回了一声‘是’，可是我实在忍不住，按住肚子一直笑一直笑。”

“哎呀，听起来……不会很可怕吗？”

“才不可怕呢，是可笑。”

“是在电话里对不对？那也可能是真的呀？”

“真的想切腹的人，会来搞这种电话性爱吗？”

“话是没错……不过东京真是什么人都有啊……”

大海正准备继续说的时候，在吧台喝酒的岳志大吼：

“你够了没有！出洋相很开心吗！”

好几年没被弟弟找麻烦，大海立刻想站起来，但因为喝醉了，倒在睡在妈妈桑膝头的真吾哥身上。

岳志也准备从吧台站起来，但樱花按住了他的肩膀。

“哥哥，你喝太多了……”

妈妈桑一边扶起跌倒的大海，一边温柔地轻声细语。人在吧台的岳志又吼：“别理他！”

听到这句话又发火的大海叫：“要是你以为女人只会依靠你，你就大错特错！以为只有你能帮助女人，就大错特错！”接着将桌上的玻璃杯扫落。

玻璃杯竟罕见地在厚厚的地毯上摔破，妈妈桑以一副不可思议的样子看着碎玻璃。

第二天早上，大海按着宿醉的头起床，岳志已经开了店，正在给自动售货机补充啤酒。

大海形同赤裸地走到店头，然后在炎炎夏日之中往坡道一坐，命令岳志：

“给我一瓶乌龙茶。”

岳志操作自动售货机，从打开的饮料取出口拿起乌龙茶交给哥哥。父亲也从店里出来。

“你很大牌啊，睡到这么晚。”

“偶尔回家的儿子稍微睡晚一点，你就宽容一点有什么关系。”

父亲不听大海的借口，开始交代岳志今天的送货地点。话说完之后，父亲一边走向店里，一边告诉儿子们：

“对了，今晚打烊之后要去扫墓，你们可别自己跑去玩。”

日落之后才进行中元扫墓，是这里自古以来的风俗。白天在墓地里挂上好几十个灯笼，晚上借着那些灯笼的照明去扫墓。小孩子会要大人买多到自己拿不住的烟火，宁愿被蚊子叮好几个小时，也要玩烟火。这一带的墓地都像梯田般设在坡地上，一座座黑花岗岩、白花岗岩的墓石，被四周的围墙区分开来。

“大海，今天你别去送货了，去墓地挂灯笼！”

对父亲从店里传来的声音，大海哑着嗓子回答“知道了”。

“喂，岳志，有没有吃的？”

“厨房有饭团。”

岳志回答，手上不停往自动售货机装啤酒。

“饭团？该不会是你捏的吧？”

“对啊，怎么了？”

“你捏的饭团谁想吃啊。”

“那就不要吃。没人叫你吃。”

岳志粗鲁地关上自动售货机的门。这时候，里面传来父亲叫“岳志，电话！”的声音。岳志往地上吐了一口口水。

“你用蛮力捏出来的饭团，硬得要命，根本不能吃。捏成那样，饭粒一定也不想给你捏。”

“……我才没有那样！”

“是你自己没有发现而已。”

这时候，又传来父亲“岳志，电话！”的叫声。岳志仿佛还想说什么，最终什么都没说，就回到店里去了。

只见父亲疑惑地歪着头站在电话前。

“说是N电视台的人。”

“N电视台？”

“对。你该不会又闯祸了吧？”

跟着岳志进店的大海笑着说：

“如果闯祸，找人的应该是警察，不是电视台吧？”

岳志接起电话，一个操长崎腔、讲话很快的女子，自顾自地说起话来。

岳志只是再三回答“是，是”，做父亲的在旁边看着他。

“怎么样？他们打电话来干吗？”

“我也不清楚……不过，她问我明天早上能不能上电视。”

“上电视？你吗？”

“嗯……哦，还有我的房子。”

大海从冰箱里拿出店里卖的芝士，大叫道：“那个房子要上电视？你会不会被别人当成疯子啦？”说着边啃芝士。

岳志回答表情僵硬的父亲：“不是的，应该不是吧。”

电话里说，希望在每天早上全国播出的信息节目《早安七点》的纵贯日本列岛单元中，安排几分钟介绍岳志的房子。节目原本的计划是采访住在锻冶屋町的玻璃艺品师，但这位老师傅突然身体不适，所以他们才选了岳志。

“可是，电视台的人怎么知道你那个房子？”

“好像是昨天刚好从前面经过，就拍了照回去……”

“可是怎么这么赶，明天就要拍了啊。几点？”

“他们说七点半。”

“……今晚别跑去喝酒。”

父亲叮咛啃着从大海手里分来一半芝士的岳志。

父子三人在宝龙吃了长崎什锦面之后，大海提着灯笼前往墓地，岳志照计划去代客人送中元礼。

要送中元礼的时候，必须只依住址到陌生的地点找出那户人家。如果是街区划分得很清楚的地方就罢了，在陡急的坡道形同在山上乱钻的长崎，光凭住址要找到一户人家可没那么简单。明明看起来就在路的正下方，一旦下了坡，却必须再爬另一道坡，类似的情况经常发生。

独自在夕阳中扛着沉重的货物，寻找遍寻不获的人家，会令人越走越感到卑微。

即使好不容易找到了，也会觉得没有事先知会便突然送中元礼上门的自己，好像一个来错时候的不速之客。从屋内传来的热闹笑声，或是热腾腾的饭香，都会让岳志对按门铃有所犹豫。

虽然如此，能找到送货地点还算好；有时候搞错住址，或是客户留的是旧址，遇到这种状况，就只能靠双腿来找。但是，越找坡道越深，越往里找，就越觉得刚才没敲门确认的那户人家才是目的地。

位于坡道最深处的房子发出“对对对，再过来一点”的邀约声，他经过的房子也会失望地说："要走啦？走得这么干脆，真寂寞。"

扛着啤酒箱的肩膀开始疼痛，岳志终于停下脚步。这一瞬间，自己好像被整座城市遗弃了。似乎有什么人以冰冷失望的眼神，看着未能爬到最深处的自己。岳志把啤酒箱放在地上，跨坐在上面。明明没有必要，却从箱子里抽出一瓶瓶啤酒，仔细地以手擦拭，想象在亲手改装的房子里喝啤酒的自己。

大海在通往墓地的陡坡途中遇见了真吾哥的儿子茂之。其实，大海破处之夜与茂之的生日是同一天，可能因为这样，大海每次遇见茂之都会问他的年龄。

“阿茂，你帮我挂灯笼，我就买烟火给你。”

大海这样诱惑茂之，带他一起到墓地去。

“你已经上小学了吧？几年级了？”

“才二年级。”

人小鬼大的茂之，耳朵的形状和真吾哥一模一样。说到小学二年级，刚好和母亲去世时的岳志同年。

“今天不是放假吗，真吾哥还在睡吧？昨晚喝到很晚。”

“嗯。还在睡，不过还是别起来的好……”

“为什么？”

“我爸一起来，就一直叫我念书，很烦啊。明明自己每天晚上都喝醉才回家……”

“哦——真吾哥会叫你念书啊？”

到了墓地，茂之撑开灯笼给大海，大海小心地绑在事先架好的木框上。

“这里弄完以后，可不可以也买爆竹给我？”

“好啊，看你要什么都买给你。”

“好。这样下次爸爸再叫我念书，我就趁爸爸睡觉的时候，在他头上放爆竹。”

“哈哈哈！那我也爽快一次，买他个一万日元给你。”

夏天日正当中的太阳，围在脖子上的毛巾很快就汗湿了。挂完灯笼，大海抽了一根烟，想绕到刻着母亲忌日和戒名的墓碑后面。但是，总觉得装腔作势的，走到一半就折返了。平时几乎不曾想起，但一来到墓地，却突然有种感伤的气氛，这让大海没来由地感到难为情。

大海回到店里，让茂之坐上送货用的摩托车，骑下坡到位于中华街的一家大烟火店。店里挤满了年幼的小朋友，大海要茂之拿着篮子去挑烟火，自己则在店外抽烟。

过了不久，有个眼熟的小女孩抱着烟火从店里出来。

“哦，百合妹妹，你记不记得哥哥？我是酒行的大哥哥哦。”

被大海叫住的是“美里”妈妈桑的独生女，她讶异地抬头看大海。

“你妈妈呢？还在里面？”

百合摇摇头，这时候，穿着休闲服没化妆的樱花从后面出来了。

“哎呀，昨天还好吧？我想大哥一定喝醉了……”

可能是没涂口红的关系，樱花看起来比在昏暗的店里时年轻许多。

“没事没事，早上有点宿醉就是了……”

大海不好意思地回答。

“来买烟火？”

“啊，嗯。我想买给邻居的小孩。”

“是不是真吾哥的儿子？他在里面只顾着买爆竹。”

“哈哈！是吗。”

樱花问大海今天是不是不必送货，大海想请她喝个咖啡，四处张望看附近哪里有咖啡店。茂之从店里出来，大海为满满一篮子烟火爆竹付了账，然后问百合：

“哥哥请你吃冰淇淋好不好？”

在她旁边的茂之很有精神地回答“我也要”，所以樱花也笑着，答应了他的邀约。

市民会馆一楼的咖啡店，孩子们拿汤匙拼命挖冰淇淋吃，嘴边很快便沾满巧克力。

“啊！对了，明天早上，岳志要上电视哦。”

“上电视？”

“对。他那个房子，好像要上电视。”

“哦……”

反应出乎意料地冷淡，让大海不由得畏缩了。

突然间，樱花对点起第四根烟的大海说：

“有件事，可能不应该跟大哥你说……”

在大海眼里，樱花显得很痛苦。

“你是说岳志？”

“……大哥也从别人那里听说了吧？那些钱……”

樱花似乎难以启齿，看不下去的大海把话头接下去。

“那是他自愿的，我，我想我爸也一样，都不觉得那有什么。那是他自己要这么做的。”

“不是的，那个……请你不要误会。的确，岳志每个月都拿钱来给我。他拿来的时候，我都拒绝了，不知道拒绝了多少次……可是他都不听，放了就走，我也不知道该怎么办才好……真的，请你千万不要想歪了。之前他拿来的钱，我都原封不动，因为我想找机会还给你们。”

“还……”

樱花搅动冰咖啡的冰块继续说：

“我不是说他这样教我为难。可是，我不知道该怎么说。岳志好像认为这样是在帮我……其实，我去年离婚了。离婚之后，来到这里……老实说，我现在不想和男人有什么关系……岳志可能觉得我很寂寞，以为他这样是在帮我，可是我一个人过得很好。虽然跟大哥说这些也没有用……”

“你一个人……既然这样，你就把这些话跟岳志说……”

“当然，我当然说了……但是他那个人就是固执啊。而且也还年轻，比我小七岁。可是，却以为我没有他会死……”

“那你就这样跟岳志说……”

大海发现自己的声音有些激动，所以刻意摸摸坐在旁边的茂之的头。

“请问，可以麻烦大哥跟他说吗？”

“说什么？”

“就是跟岳志说……他之前放在我家的钱，我全部还给他……”

再次看樱花的脸，跟刚才不同，脸上明显有着与年龄相符的小细纹和干燥粗糙。大海朝窗外艳阳高照的县公路望了一阵子。

“可是，这种事，还是由当事人来说比较……”

大海想逃避，樱花却说得斩钉截铁。

“就是因为我怎么说都没有用，才拜托大哥的啊！每次到我家的时候，我都跟他说‘请你不要再来了，你不可以来这里’，不知道说了多少遍了。”

樱花语带愤怒的话声，让茂之和百合停下了汤匙。两人担心地对看一眼，然后又看着他们的冰淇淋。

“可是，你们在店里……看起来关系不错……”

“在店里……他是客人……”

樱花露出有些恼怒的神情。

“我离婚就是为了自由，没有岳志，我一定可以更自由……刚认识他的时候，我也刚离婚，觉得自己还有人要，心里蛮高兴的，可是……现在这样，实在是太……”

大海咕嘟咕嘟把杯底剩下的冰咖啡喝完，只以沉着的声音说了一句：

“我明白了。”

等孩子们吃完冰淇淋，大海付了账，樱花向大海道谢：

“谢谢。”

这时候，茂之往大海载他来的摩托车走，大海突然大吼：

“喂，等等！得先送她们回去呀！”

茂之身体震了一下，停了下来。樱花连忙拒绝：

“不、不用了，我住得很近……”

大海坚持“我送你”，这时樱花反而显得有些不耐烦，大声说：“不用了！真的不用！”

那天晚上，真吾哥以破门之势冲进来。岳志和昭三两个人正在吃晚饭。

“听说岳志要上电视，真的吗？”

昭三抬眼看闯进来的真吾，用力嚼着卤竹笋。

“哦哦，你们还有心情吃什么竹笋啊！附近已经轰动了，说酒行的小哥要上电视了。”

真吾哥显得相当兴奋。

“你哥呢？大海到哪里去了？”

“我哥跟他高中的朋友出去玩了。”

“你们还真悠哉……上电视要讲什么都想好了？”

“没。”

“没？你该不会说，因为附近有人是拆房子的，所以你去工地要了人家拆下来的铁皮、窗框来盖这间房子的吧？”

“当然不行，一定要说得像样一点。”

昭三一本正经地说。听父亲这么一说，岳志也突然感到不安。

“他们会问什么？”

“这还用说吗？很多啊，像你做那个房子的动机啊，目的什么的。”

“目的……该怎么回答才好？”

“这要你自己想啊！你爸怎么会知道。”

看他们围着餐桌温吞的对话，真吾哥心急如焚。

“哦，对了，岳志，你应该有皮鞋吧？”

“没有啊，现在没有。”

“没有，你啊……好了，我去年买了一双皮鞋，你就穿那双上电视。西装我也借你。总得打个领带吧？”

“当然，不能不打领带。”

昭三这么说，频频点头。

一吃完外卖店的便当，儿子们立刻爬下陡峭的礁岩，到放着橡皮艇的沙滩。留在礁岩的昭三幽幽地抽着烟，眺望在沙滩上互相打闹的儿子。不知不觉间，两块小小的背上已经被晒得火红。昭三想象今晚洗澡时儿子们哀号的样子，便露出一个小泡泡般的笑容。

海浪比早上大了不少。怕橡皮艇被海浪冲走，儿子们拼命以手压住，但那橡皮艇对小孩子来说有些大了。打上沙滩的大浪，有时差点将橡皮艇打翻。儿子们高声欢叫，拼命抓住被海浪揉弄的橡皮艇。

昭三准备利用屁股下形成的积水熄烟。这时候，只见海那端有浪层叠而来。昭三站起来，手里拿着还点着火的烟，想看清楚那阵大浪打到儿子的那一刻。

两个儿子跨坐在橡皮艇边缘，身体随着大浪摇摆。扩散开来的海浪撞击着四周的岩石，往小沙滩上集中，转眼间橡皮艇便翻了。

被海浪淹没的儿子们，头部立刻浮到海面上。大海笑着，但喝下一些海水的岳志却发出气浊的咳嗽声。

被海浪淹没的那一瞬间脱离两人之手的橡皮艇，被冲往海的那一边。

“啊！船被冲走了！”

“快点抓住！”

听到儿子们互相大喊的声音，昭三当下差点就叫“不许动！”。

橡皮艇并没有被冲走太远。大海很快便游到艇边，跟在他后面的岳志一下子便爬上去。昭三发现自己紧张得耸起肩来，讪讪地笑了笑，以湿手指捏熄了香烟。

岳志上了两分钟电视的那天晚上，真吾哥主办了一场大宴会。连现年九十二岁的町内会名誉会长都出席，由美子姐和林叶阿姨为了准备饭菜，在厨房里忙得不可开交。

“……不过，都已经上了电视了，你还只会为酒行宣传，真是没用啊你。”

听到真吾哥这么说，大家都哈哈大笑。

“不管主持人怎么问，一律回答‘不知道’。”

“就是啊，又不是小学生，只会在那里脸红不说话。”

大海说着笑了出来，岳志拿啤酒瓶盖扔他。

“由美！麻烦你拿啤酒出来！”

只听坐在廊檐下的父亲快活地喊。真吾哥的工头德二郎叔也喝得满面通红，炒热了席间的气氛。

“……请问你是基于什么样的目的开始的呢？……我不知道。请、请问，那么，还要多久完工？……还不知道。听令兄说，您从小就对建筑和雕刻很有兴趣……没有，那是我哥乱讲的。”

德二郎叔学着主持人和岳志之间的对话，连厨房那边都响起了笑声。

“不过，干得好！岳志可是大大出了风头。来来来，吃寿司、吃寿司。”

乐不可支的真吾哥说着把寿司盘拉过来，坐在他旁边的大海抓起金枪鱼寿司，放进岳志的碟子。

“不过啊，我从来没想到，原来你的品位竟然有西班牙加泰罗尼亚的味道。还说你是长崎的高迪[1]……”

大海再也忍不住，抱着肚子笑翻了，笑得连嘴里的饭粒都喷了出来。

1　安东尼奥·高迪（Antoni Gaudí，1852—1926），出生于西班牙加泰罗尼亚小城的建筑师，塑性建筑流派的代表人物，属于现代主义建筑风格。

到了拍摄结束的前三十秒，因为岳志一直给一些简短生硬的回答，不知如何是好的女主持人便说：

“那么，我们请本人直接发表一下对这个房子的看法。”接着把麦克风交给岳志。

看到摄像机推到眼前，岳志不由得更加紧张，只说：

“那、那个，我、我是嶋田岳志，在星取町开酒行。”便立刻陷入沉默。

摄像助手按着嘴，笑了出来。

第二天，大海带着狂欢后的宿醉回东京。岳志开卡车送他到长崎机场，回到家的时候，昭三已经打了烊正在洗澡。因为没洗浴缸就放水，昭三一心只在意背上感觉到浴缸的皂垢，总觉得没有食欲，便决定不要去吃晚饭。

洗好澡身体还热热的，回到店里拿啤酒和下酒菜，却看到岳志还在收银台前算账。

“你今天也要去喝吗？”

“啊，嗯。”

岳志没有看昭三。

“不要太乱来。”

“什么乱来？”

“你啊……”

从冰箱拿出啤酒之后，昭三回到家里。清凉的晚风从敞开的廊檐吹进来。连喝了两瓶啤酒之后，昭三身上只穿着一件内裤，便往被子上一倒。

不知不觉睡着了，醒来的时候，小腿肚上被蚊子叮了两口。昭三站起来，打开壁橱找蚊香。拨开电熨斗、吸尘器到处找，却没有找到。无奈之下，只好去用岳志买回来的电蚊香。

照岳志的说法，只要打开这个电蚊香的开关，功效可以一连持续九十天。方便是方便，但昭三总觉得不对味。

一说是持续九十天，不由得产生一种夏天随便被应付过去的心情，总觉得不中用。昭三认为点蚊香虽然不方便，却让人每晚都想点上一个。

只不过最近，自己的确是可以轻易地抛下这类信念了。蚊香没了，用岳志买的电蚊香也可以打发，又何必发火大骂“去给我买蚊香回来！”。

于是，昭三装上电蚊香，窗户也不关，直接上床。由于妻子讨厌冷气，说吹冷气脚会冷，所以到现在昭三的夏天还是靠电风扇过。像今晚这样凉风袭人的夜晚，甚至不需要开电扇便能一夜好眠。

可能是睡的姿势不对，听到电话铃声醒来时，脖子痛极了。他想应该是抵达东京的大海打来的，便冷冷地“喂”了一声。

但是，打来电话的并不是人在东京的大海，而是当地的警察来通知“今晚要留岳志在拘留所里过一晚”。昭三连忙问起原因，警察有些不耐烦地解释：

“你儿子好像硬要闯进某个女子的家里。是这样的啦，这位受害者跟你儿子好像也不是完全不认识，受害者工作的小酒馆的妈妈桑也来拜托，说‘请不要把事情闹大’，所以就让他在这里待一晚，请他反省一下……你也知道，年轻人就是会做些傻事，做父亲的不需要太担心啦。

“啊，好像是那名女子假装不在家，不肯让你儿子进门。你儿子因为知道人就在里面，所以按门铃按了好久，又猛敲门，可能他自己也没注意，越敲越用力，敲到一半还踢门呢。最后绕到后面，拿晾衣服的竹竿从窗户伸进去，住在隔壁的人吓坏了，就报了警，事情才弄得有点严重……不过，年轻人思想总是比较偏激，一认定就像不要命了似的豁出去……那个受害者现在心情也已经完全平静下来，所以没事了。”

“那，岳志呢？”

“哦，你儿子好得很。你儿子说，他以为那个受害女子在屋子里闹自杀。”

昭三答应明天一早就去接岳志之后，挂断了电话。讲电话的时候，大腿又被蚊子叮了。

昭三大骂“根本屁用都没有！”，狠狠地把脚边的电蚊香踢开。

月亮如轻抚礁岩般升起，昭三出声叫沙滩上的儿子。儿子们一听便把橡皮艇拖上岸，使出全身的力气挤出橡皮艇里的空气。

他们来玩水的这个海边位于日落的反方向，无法眺望美丽的夕阳。若是沿着早上爬下来的兽径走回停卡车的地方，就可以看见太阳融在海里。

“皮艇里有很多沙，可以直接收吗？”

大海向人在礁岩的昭三喊。这个小海滩一下子就暗了下来。

“没关系。快点拿过来！”

昭三一边回话，一边往兽径方向看，不知何时，树林里已经全黑了。

卡车停放的县公路那边，有好几辆摩托车随着嘈杂的引擎声靠近。在礁岩上脱下泳衣，大略擦干身体的昭三，竖起耳朵细听那些声音。儿子们终于把橡皮艇里的空气放光了。太阳一下山，突然觉得风冷了起来。

才在昏暗的兽径上听到变暗的树林里突然响起笑声，就看到有几个年轻人出现在礁岩上。包括女人在内约有十人，一看发型打扮，就知道是飙车族。

年轻人发现在礁岩上换衣服的昭三，便取笑说：

“大叔！啤酒有没有剩啊？”

“已经喝光了……年轻人，晚上很危险，海水很快就会涨起来。”

没有人理会昭三的忠告。他们或抱同行女人的肩，或揽她们的腰，以不稳的脚步往沙滩走。抱着小艇的儿子们，有如将这一群人打散似的爬过黑暗的礁岩。

“呜哇！快看，这些小孩被晒得好严重哦！”

一个短发的女人与岳志擦身而过，碰了一下他的背笑着这么说。

儿子们一回到礁岩，昭三便下达指示：

“我先回卡车上去拿手电筒，你们换好衣服在这里等。”便快步爬上兽径。

大海和岳志从岩场上散乱的衣物中找出自己的裤子衣服，在冷风中微微颤抖，默默地开始更衣。因为太暗，看不清往下走到沙滩的年轻人。但尖细的笑声和海浪声不时乘着风传过来。

“哥哥，你看那边的灯，好漂亮哦。”

岳志指的海的那一端，“海滨小屋”的照明红红绿绿地发光。两人把湿浴巾披在肩上，望着那个“海滨小屋”的灯火。突然间，眼前出现了火焰并传来欢呼声。那群年轻人利用被丢弃在沙滩上的大铁桶生了火。

他们为高高燃起的火焰发出怪叫，欢天喜地。火光照耀的人影，清清楚楚地浮现在黑暗的沙滩上。

“看起来好恶心哦……”

“好像食人族在跳舞。”

他们点着的不是柴火，而是在大铁桶里面倒进汽油，直接点火。味道也传到礁岩那边。与这片景象不搭调的味道，让大海与岳志的咽喉缩紧。他们看到穿着红色衬衫的男子往大铁桶里倒汽油。火焰猛然蹿升，又是一阵欢呼。

“那些人觉得和女人一起点火来玩很好玩吗？”

对岳志的问题，大海只简短地回答“不知道”。

红衣男子再次倒入汽油，这次瓶口也引着了火。和铁桶的火相比，可以叫作火苗，红衣男子觉得有趣，开始挥动为戏。这时候，火焰随风烧到一个原本笑着窜逃的女子的裙子上。

小小的火苗转眼间便环绕女子的长裙一周。海浪声、摇动林木的风声，当然还有他们的笑声，都在瞬间停止。

银色的海浪像在对她招手。不一会儿，其他女人便尖叫起来。着了火的女人来不及叫，只顾着拼命拍打火焰。红衣男子在沙滩上助跑，向女人疾奔，用力往她背上一踢。女人终于发出尖叫，往海里一倒，没入水中，咻地发出火焰熄灭的声音。

坐在礁岩处的两兄弟连手指头也没动一下，就像眺望对岸的灯火一般，默默地看着这一切。

坐在从羽田驶向东京都心的单轨电车中，大海开了好几次包。他一直觉得塞在里面的待洗衣物有味道。

岳志送他到机场，在卡车上，他本想应该跟岳志提樱花的事，但终究一个字都说不出口。

只不过，他提到“你上的那个电视节目，我打电话回东京说了，应该也录了吧”，岳志的表情就有点僵了，问：

“那女的也看了那个节目吗？”

大海想了想，才回答：

“就算没看，我也会硬要她看的。”

从单轨电车换乘JR的时候，大海差点就要打电话给夕子，但转念想到她一定又在打电话，所以就算了。电车到荻洼站，在便利店买了啤酒回到公寓，果不其然，夕子正在讲电话，直接拿着听筒到门口来迎接他。

“你帮我脱嘛。”

夕子说着，以眼神向大海示意“你回来了”。然后，搂住大海的脖子，边向听筒耳语：

“喏，不要用手，用嘴巴帮我脱，用嘴巴帮我脱内裤嘛。”

大海脱了鞋，直接走到阳台上。把脏衣服从包里拿出来，塞进洗衣机。内衣裤和T恤留在老家其实也没有什么不可以，只是他不好意思让岳志洗，所以还是带回东京。

回到餐厅，大海打开买来的啤酒，拿一瓶给坐在面前的夕子。

“呀、呀——嗯。拜托，好不好嘛……”

她一边说，一边接过啤酒，从餐桌上堆积如山的招聘信息杂志里随手拿出一本，在封面上草草写上“再等我一下”。大海抢过她的笔，在旁边写上大大的字：“不行，不能等。”

“好不好，拜托。我等不及了，好啦，不要吊我胃口……”

夕子又拿起笔，加了一句“再五分钟”。

“对，就是这样。再深一点……”

大海喝完罐装啤酒，拉开椅子，把头伸进桌子底下。眼前就是夕子端正地双腿交叉而坐的大腿。大海离开椅子，四肢着地，舔那双大腿，夕子便伸手到桌子底下来，按住大海的嘴。

大海一根根慢慢舔夕子按住他嘴的手指，然后硬把夕子的腿掰开，头埋到中间。

大海只看得见桌面下夕子的下半身。桌面上，夕子发出喘息。

大海想起真吾哥说的那句话：“男人不照顾女人，谁来照顾。”他打算等夕子讲完电话，就和她提分手。夕子恐怕会以为只要她答应辞掉电话性爱的工作，他就会打消分手的念头吧。大海依旧把头埋在她的大腿之间。原因并不是这份打工。如果她问“为什么要分手”，他该怎么回答？大海很想回答——岳志没有错。电话里的男人好像到达高潮了。夕子轻声说“要再打给我哦”，然后在笔记上写下通话时间。

第二天一早，走出拘留所的岳志从昭三手里抢走卡车的钥匙，坚持要自己开车。距离开店还有一点时间。

昭三坐进卡车的前座，说：

“到车站前的日本食堂吃个早饭再回家吧？”

“那里的烤鲑鱼很好吃。”

岳志不好意思地说。

“海苔和蛋，这样的早餐对日本人是最好的。”

“我从昨天就什么都没吃，好饿。”

两人把车停在车站的停车场，走向日本食堂。

吃饭的时候，岳志生怕挨骂，内心相当忐忑，但喝了味噌汤的父亲，却没有要说什么的样子。

“哥说，要叫那边住在一起的女人看那个节目。”

“你上的那个节目？”

“对，我的房子……说到这儿，不知道哥能不能在那里找到工作啊？”

“他啊，他跟你不同，少了点自信……”

“是吗？”

“已经抓在手里的东西，他没有把握一直抓住。”

如此喃喃低语的父亲，在岳志眼里显得非常苍老。

这天晚上“美里”的妈妈桑打电话来，叫岳志暂时不要到店里来。

“暂时是多久？”

听岳志这么问，妈妈桑回答：

“这个嘛，总之这两三天，先看看状况。”

岳志在心里想象度过两三天的感觉，觉得应该可以熬过去，所以他回答“我知道了，这样我可以等”。挂了电话，立刻又推着独轮推车走向“自己的家”。

该做的事多如牛毛。十平方米大的房间要贴壁纸、玄关要贴瓷砖、天花板要重贴。岳志上了二楼，决定完成做了一半的天花板。

六十四个灯座已经安装好了，只要把灯泡旋上就大功告成。完成之后，便可以看到狮子座在天花板上发光。狮子座是樱花的星座。

数完袋子里的灯泡时，岳志发现自己忘了搬伸缩梯，而且灯泡也少了一个。他脸色一沉，又数了一次。果真少了一个。岳志想起电器行那个胖老板的面孔，猛踢旁边的沙发一脚。

在烦躁之中，他回到仓库拿伸缩梯。穿过玻璃通路，慢慢爬上刚才走下来的坡道。口袋里的钥匙咔嚓作响，他在心中痛骂了好几次“那个该死的老板”。

钥匙插进铁门。仓库里漆黑一片。岳志一边找伸缩梯，一边想象他向樱花展示天花板的情形。

“这个呀，虽然少了一个灯泡，不过是狮子座哦。”

在想象中，樱花抬头高兴地看着天花板。

伸缩梯在仓库深处。梯子被拉了开来，靠在阁楼上。他漫不经心地爬上梯子，往阁楼一看，里面有个大纸箱，有个像塑料布的东西被揉成一团塞在里面。他把纸箱拉出来，用力扯开一看，原来那不是塑料布，而是小时候用过的橡皮艇。

这时候，仓库门咔嗒一声开了，昭三走进来。

“你在做什么？好歹也开个灯啊。”

仓库一下子亮了起来。岳志站在梯上，一边折橡皮艇，一边笑着回答：

“我来拿伸缩梯，结果还找到装饰屋顶的东西呢。”

Water

1

热带夜，敞开的窗外传来夏日的虫鸣。闷热的房间里，电扇来回吹动，满室麻将声。有只蛾一直想进房间，不断拿身体往纱窗上撞。

“凌云！快点出牌！换你了！”

坐在对面的浩介如此催促，于是我再看一次拿在手里准备丢出去的牌。

“等、等一下。好，这张应该安全吧？”

“碰！”

牌一丢出去立刻被浩介捡走。

“哇哈哈哈！今天晚上凌被刚才那件事吓到，已经没救了！”

“管他那么多！你只要在比赛前游出五十六秒儿就好了！”

坐在我左右两侧的拓次和圭一郎大声笑了。

傍晚练习结束之后，我们聚在圭一郎家，一边认真打好几个小时的麻将，一边有一搭没一搭地谈着下个月举行的县运会。只不过，自从听到我们学校的竞争对手圣玛丽安的田岛上星期在一百米自由泳游出五十六秒多的成绩之后，我就完全无心于麻将。虽然专攻项目各不相同，但我们四人有同一个梦想，那就是拓次仰泳、圭一郎蛙泳、浩介蝶泳，而我以自由泳参加混合接力赛。在阳光下晒成浅黑的肤色，配上与这般肤色不相称的鲜红嘴唇，就是我们的制服。

“圣玛丽的田岛游出五十六秒，是在长泳道吗，还是短泳道[1]？”

“碰！”

浩介无视我的问题，这次碰了拓次的牌。

“呜哇！谁来转一下牌风啊！都是浩介一个人大赢！”

“可是，我记得如果是短泳道的话，凌云也游过五十六秒吧？……这个你也要？”

“没错！”

圭一郎丢的牌让浩介胡了，我们三个把牌推倒。

我的确曾经游出一次五十六秒的纪录，但那是在短泳道的成绩，所以不列入正式纪录。

“要是这次的纪录会能游出五十米一圈不到六秒就好了。”

一边换牌一边喃喃说着的拓次，声音显得毫无戒心，他本人好像也察觉到了，立刻把视线从我们身上移开。

“好想去啊。”

1　单程五十米以上的为长泳道，单程二十五米的为短泳道。

“是啊，赢过圣玛丽。”

“好想得第一啊。”

我们刻意不看彼此，对着不会言语的麻将牌低声说。如果从我们四个里随便选一个，剖开他的脑袋，里面一定会有阳光普照的游泳池，而我们正在里面拼命游泳。多希望能赢得这次县运会冠军，拿到全国运动会出赛权。我们的课本满是计算自己时间的涂鸦，头发发出消毒剂的味道。而我们的心，随时都泡在游泳池的水里。

“等、等一下，怪了？已经胡了。”

拓次一边排着刚拿完的牌，一边歪着头纳闷。

“我看我看？”

我们挤过去看牌，拓次便把牌摊开来给我们看。

“我记得这样叫作天胡吧？”

“……”

拓次真的已经胡了。

有时候我会想，也许现在的我们，就像没发现自己正通过仙境、只顾与同伴谈话的旅人，所以也不知道现在自己正置身于何等美景之中。但是，旅行重要的不是要去哪里，而是和谁一起去，不是吗？

正好打完半圈的时候，圭一郎的母亲到楼上来。手里端的托盘上，盛着切成四人份的一颗西瓜。

“哎呀，整个房间都是你们男生的臭味。你们好歹穿件

T恤呀！怎么一个个只穿着内裤在打麻将呢！”

“啊，阿姨好！”

拓次笑容满面地接过托盘。他每次就是殷勤。

“阿姨，被年轻裸男围住，很兴奋吧？”

听到浩介这样取笑，阿姨回答：

“别傻了！谁会对小孩子的裸体兴奋啊。”但我觉得她的声音里混杂着些许害羞。

“我们都十七岁了呢！已经够大了吧？”

“十七岁还小呢！你们四个人加起来也不够看。”

“四个人加起来还不够？也对啦，除了我之外，全是些连女生的手都没握过的货色，也难怪啦！”

“浩介有经验啦？”

“当然！”

“既然这样，其他几个只好由阿姨从头开始教喽。”

努力配合浩介开黄腔的阿姨，表情显得有些为难。

“从头开始教？讲这么刺激的话，小心凌云喷鼻血。”

“噢，阿凌这么纯呀？”

“不是、不是！凌云啊……”

“别、别说了！”

“凌云最迷阿姨了。每天晚上都想着阿姨……”

“呜哇！浩介别说了！”

我扑到浩介身上，拼命按住他的嘴。旁边的拓次嘴里的西瓜都喷出来了。

听说阿姨是在二十岁时生下圭一郎的，所以现在还不到四十岁。而阿姨的笑容，像被雨打湿的教堂一样，有种说不出的悲哀。

“快出去啦！”

阿姨愉快地看着我和浩介缠斗，圭一郎冷冷地放话。

“圭一郎！你不知道凌云有多期待见到阿姨。难道你要剥夺凌云好不容易得到的乐趣吗？”

浩介被我勒住脖子，还是照样笑着这么说。

“好好好，我这就走。对了，大家都要留下来过夜吧？睡觉的时候记得开空调。”

“不能吹空调！”

我们异口同声地喊。

“哦，我都忘了。吹到冷风，身体会变钝，成绩就会变差了。”

阿姨摆出一脸受不了我们的表情这么说，然后边解围裙边离开房间。

也许别人会认为只不过吹个空调，哪有这么夸张，但我们对这种禁欲生活却甘之如饴。

2

到了晚上十一点，全身肌肉麻痹般的睡意来袭。每天都游一万米，会这样也是当然的。我们利落地收拾好麻将桌，在整个房间里铺满棉被。

圭一郎很快就关了灯，在突然一片漆黑的房间里，我们连忙跳进被窝。敞开的窗外又传来夏日的虫鸣。

才关灯不到一分钟，拓次就睡着了。

“没烦恼的人真幸福。”

浩介咕哝的声音，让我和圭一郎疲累的身体缓慢但确实地发生反应，我们捧腹大笑。

“要怎么样才能一分钟之内就睡着？真是羡慕到气人。”

“真的，越看越气。在他身上画点花样吧？”

我们翻身而起，再度打开电灯，然后围在毫无防备的拓次旁边，脱掉他的内裤，拿黑色马克笔着色。尽管在睡梦之中，拓次那里还是慢慢变大，我们忍笑忍得几乎无法呼吸。在泛白的日光灯下，拓次的裸体受到无情的对待。我们丢下拓次变得全黑的那里，好像什么事都没发生过似的关了灯，但又再次笑起来，我想我们大概一直笑了十几分钟。等我笑完才发现，浩介的笑声不知什么时候变成熟睡的呼吸了，是男人的气息声。

“圭一郎，你睡着了吗？”

黑暗中，我问独自睡在床上的圭一郎。

“嗯，还没。”

“两三天前，藤森同学到我们班来。”

“……藤森去找你？”

“对，她是因为你的事情……”

“去找你商量？”

“啊，哦……嗯。”

说是说商量，其实也不是谈什么大事。对我而言，藤森同学为了找我特地一个人跑到我班上来，才是一件大事。她到教室来叫我出去，对我说“有点事想和你商量……”的时候，我甚至已经做好为她跳进暴风雨的海里拿救生圈的心理准备。

“说到这儿，凌云，不管谁都会去找你商量呢。游泳社的人啊，班上的人啊，这次连我女朋友都去找你了。”

“也、也没有商量那么夸张啦。只是……”

“只是？”

“嗯……只是，你是不是有其他喜欢的女生啊？”

“……”

黑暗中，圭一郎的沉默显得特别深长。

“藤森同学很烦恼，不知道你是不是真的喜欢她。”

“凌，你知道女人也是有性欲的吗？我本来不知道。我以前一直以为女人是男人追她们就逃的。”

“这、这什么意思？难、难道！你是说藤森同学……”

“我想，藤森就是对这一点不满吧，因为我都不碰她。”

“……”

我忍不住描绘出藤森同学在圭一郎面前松开制服纽扣、露出乳房向他腻声呢喃“喏，来嘛”的情景，连忙摇摇头。

“我、我不懂。”

“有时候，我会很羡慕浩介，觉得如果能像浩介那样就好了。”

“可、可是，浩介他那是……浩介的对象跟藤森同学是完全不同的类型啊？跟浩介上床的，不是没有后顾之忧的女大学生，就是时江之类的。时江可是跟谁都能上床呢！浩介的对象都是那种女人啊！可是藤森同学……”

“你、你要怎样？这么激动。凌，你该不会……”

“才、才不是！我只是没办法相信而已。因为藤森同学她……”

“搞不好全天下的女人都一样哦！你不觉得有性欲的女人，看起来很脏吗？”

圭一郎说这句话的时候，翻身的浩介头部正好撞到书桌桌脚，发出闷响，所以我和圭一郎都静了下来。我满脑子都是褪下制服的藤森同学，为无法宣之于口的幻想而苦恼，几乎快发疯了。在沉默的我俩身边，拓次和浩介的呼吸声越来越沉。

“喂，凌！你觉得我们四个人能不能参加全国运动会？好想去啊。拓次在仰泳游出他个人最好的成绩，回来的时候大概第三名，然后我在蛙泳的时候紧紧跟着圣玛丽的选手。接下来换浩介在蝶泳中追上圣玛丽的选手，浩介一定追得上的吧？凌云，你绝对要在自由泳赢过田岛！这么一来，我们四个就可以参加全运会了。最近我晚上要睡觉的时候，一上床就一直想象着这些，每天晚上都想。真的，只想着这些。像浩介的泳姿，拓次转身的样子，凌云抵达终点的样子。每晚都在想……”

圭一郎的话把我从藤森同学放荡的姿态中解放了出来。我在心里喃喃道“每天晚上想着同样的事情的，不是只有你”，便像融化在枕头上般睡着了。

3

第二天早上，我们在油蝉的叫声中醒来。围住城市的山中不知有多少蝉，它们的叫声像地鸣般震动了枕头。

“好饿。”起床之后的第一句话，一定是这一句。

我们只穿着一条内裤就下楼到厨房，对正在为我们准备早餐的阿姨说“早”。

“哦，早呀。今天早上不必去叫，你们也都自己起来了啊。”

“因为蝉好吵，睡不着。”

“夏天嘛，没办法呀。再说，要是有哪个夏天蝉不叫，不是少了许多风味吗？”

穿着一条内裤在餐桌边坐下的时候，晨勃还没有完全消退，让我有些在意。拓次可能和我在意同样的事情，偷看了一下内裤里面，发现了我们昨晚的恶作剧，冲进浴室。

“哎呀，拓次，怎么啦？”

阿姨连忙出声问拓次，一早就开起低级玩笑的浩介笑着回答：

“大概是大姨妈来了吧。”阿姨好像误会了，说：

“圭一郎，拿一条新内裤借人家！”我对阿姨的误会笑了，但心里想着，原来即使是与早晨如此相配的阿姨，也是熟知人情世故的，心情不免受了些影响。

阿姨靠在料理台边，一直盯着默默把早饭往嘴里塞的我们。

“真的，看你们吃饭觉得好好吃哦。你们吃得这么香甜，也不枉费阿姨做给你们吃了。”

“因为真的很好吃啊。阿姨，再来一碗！”

阿姨一边在拓次和浩介端出来的碗里添刚煮好的饭，一边高兴地赞叹，一早竟然吃得下三碗饭。

“阿姨已经吃过了？”

“还没有，不过光看就饱了。”

“真好，光看就会饱。像我，再怎么吃都饿。”

“那当然了，你们的工作就是吃呀。那是你们唯一的工作，不可以偷懒的。”

“我们的工作是吃饭，阿姨的工作就是煮饭！”

“没错。因为阿姨一整天没有其他事可做。接下来想想晚上要做什么菜，这样一天就过了。每天都一样哦！这种日子已经好几年、好几十年了呢。”

仿佛为了逃避阿姨留在半空中的叹息，我们道了谢，离席。站成一排刷了牙，然后冲进已经会吃人的夏天早晨之中。

“我们走了！”

“好，路上小心。要努力游泳哦！”

阿姨从厨房朝我们喊的声音，和包围住整座城市的油蝉声融为一体。我们比赛似的跑上通往学校的陡坡。一到坡顶，便是一整片澄净无瑕的夏日天空，一团积云动也不动地浮在空中。

4

“大家快整队！”

我对学弟学妹说，他们正像小朋友似的在泳池旁跑来跑去。女子队队长京子拿着写了练习项目的板子站在我旁边。

“凌云，听说你们昨天又跑到圭一郎家住了？也不怕给阿姨添麻烦，还得照顾四个脏兮兮的男生。”

“谁脏啊？你再说，我就抱你哦！”

京子夸张地笑着，对还没有要来集合的女队员说：

“快去换衣服过来。”

在铁丝网的另一端跑步的足球队员当中，北岛向我们这边挥手。钉鞋敲响地面的叩叩声，往操场的另一方远去。

不知不觉，队员已在我和京子前面排好队。

“好！再过一个星期，暑假就结束了。后天要办纪录会！”

我一宣布，所有人一起大喊“咦——”，嘘声四起。游泳社男女队员加起来也才三十多人，但这三十几个人齐声同嘘，也足以令我顿时胆寒。打从我被选为队长的那一刻起，队长的威严便已荡然无存。

“所有项目吗？”

“自己专攻的就好了吧？”

接二连三的问题，让我难以招架。

“不办好了？”

怯弱的我，低声向身旁的京子这么说，狠狠瞪了我一眼的她，向队员开骂：

“你们真是够了！不过一个小小的纪录会，吵什么吵。给我抱定超越自我纪录二三秒的决心，铆起来游！”

对京子的气魄，我只能在一旁微笑点头。

“好了好了，别惹京子生气哦，不然后果是很可怕的！总、而、言、之，纪录会只测量自己的专攻项目。就像京子说的，一定要游出自己的新纪录！知道了吗？”

“知道了——”

回话好像云在打哈欠一般。

我真的是个一点威严都没有的队长。但是，由于我这种个性，今年游泳社感情之好、气氛之融洽是这几年绝无仅有的。一直到去年，我们的社风都和典型体育类社团一样，异常严格，好比回学长的话时，有时候做作得连自己都会觉得丢脸。这叫年功序列？磨炼？再加上忍耐？光听就觉得肉麻。肉麻就意味着丢脸。而且很遗憾的，我实在不认为这些东西有什么存在的必要。总之，我当上队长、浩介当上副队长之后，游泳社的气氛就为之一变，我觉得这样没什么不好。不，我觉得这样才好。

平常练习时，每一条泳道都有四五个队员，各泳道进行不同的练习项目。我照例和京子两个人站在泳池边，分配大家游泳的泳道，这时一年级的省吾跑过来，突然往我们背上一推。我和尖叫着的京子抓着彼此一起落水。这是一个活泼开朗的社团，一年级的学生敢在背后推三年级学长学姐。

在盛夏的太阳下，我们激起了耀眼的水花，站在泳池旁的大家大声笑了。大家的笑声反射在水面上，耀眼地传进了我们耳里。

“省吾！”

京子穿破天际的叫声晃动了水面。她甩着湿发大叫：

“大家抓住省吾！”

大家一起追着省吾跑，抓住省吾的手、脚，他的身体像摇篮似的摇了好几次之后，被高高扔起，几乎要与盛夏的太阳重叠，然后直接从空中落下。

大家有如追赶省吾般跳进池里，欢笑与水花四处飞溅。

我们进入各自的泳道，从三百米的暖身开始。游泳池有七条泳道，简单地说，就是依速度快慢从第一泳道分到第七泳道。

第一泳道包含我在内，几乎都是专攻自由泳的选手，全都是能够以百米七十五秒的速度游100×10的人。其中有三年级的我和浩介，二年级的原田和大西，以及唯一的女生京子。她绝不是速度快的选手，总是落后，但据她本人说："我是为了激励凌云，才游这个泳道的。"

的确，只要我来回一圈的速度慢下来，不管我气喘得多急，她一定会使出吃奶的力气往我肩上或胸口捏。我的速度能有今天这样的进步，也许要归功于她造成的皮肉之痛。

虽然多少有些变化，但暑假的练习内容几乎相同。我也曾想过，为什么我们要每天来到泳池，为什么要来来回回拼命游，然而，一旦完成这些过于严苛的练习项目，尝过练习结束时的畅快淋漓，就忘不了那种快感，第二天又会重复做同样的事。和每天晚上自己做的那件事是同样的道理。

5

"凌云！你的脚根本没有在打水！"

SF进行当中，我挨了京子的骂。所谓的SF是SLOW&FAST

的简称，慢游一百米后，再快速游一百米，是最容易流于懒散的一项练习。我知道游在我之后的京子已经打了我的脚底好几次了。能一边游一边打人的女生，也只有京子了。

“你怎么可以被我追上？你一定在想别的对不对？认真游！”

“凌在游泳的时候想的，除了女人的裸体不会有别的了！哈哈哈！”

浩介回应了京子的叱责。

“原来凌云学长都色在心里啊。”

二年级的原田丢下这句话，便把身体潜进水里。踢了一下墙在水中前进的原田的身体，在透明的水里迅速移动。我连找借口向京子解释的时间都没有，结束了短短十五秒钟的休息，又踢了墙游出去。

事实上，京子猜对了。我那时候正边游边想藤森同学。自从昨晚听了圭一郎的话，藤森同学的幻影便一路跟到游泳池来，“喏，来嘛”的耳语搔痒了我浸水的耳朵，尽管身体剧烈运动，我那里还是一副随时都会从M号泳裤里冒出来的样子。真是一点都不懂得看场合。

SF结束之后，大家上去拿浮板的时候，我在池里假装若无其事地问京子：

“问你哦，京子，女人每天晚上也会想做爱吗？”

“你很讨厌呢，这种事去问浩介啦！女人的心情，浩介比我还懂吧。他都自称是游泳社的司汤达了。”

“可是，你好歹也是女生啊？”

“废话！要不要我现在就让你看证据？”

“千万不要！”

“哈哈哈哈！”

京子的笑声里有着不输夏日白云的豪爽，从另一种意义上说，拯救了我对女人的理想。

打水结束，游完五千米的时候，我们的交谈也越来越少了。二年级的原田和大西用力喘气，连浩介开玩笑大家都没力气笑了。

我们真的每天都这样痛苦得喘不过气来，但在痛苦的同时，这也是我们这些禁欲主义者至高无上的自我沉溺时间。

盛夏的烈日毫不留情地发威，时间一过正午，游泳池里的水也变得像十八层地狱里的油锅了。即使在游泳池里，汗水依旧狂冒不止。练习量较少的泳道的同学已经结束训练，挤出最后的力气，慢慢将身体拖离泳池。

我交代学弟学妹打扫社团教室，然后继续练习。

肩膀已经提不起来了。想叫脚多出点力，就会抽筋。甚至觉得心脏随时都会从嘴里跳出来，掉落在阳光照耀的水底。

我像被打上沙滩的漂流者般游完最后的一百米，让疲累至极的身体漂浮在水面，太阳就在面孔的正上方。我朝白云吐气，从青空吸气。力量在漂浮的身体里复苏。

“凌云学长！今天我可不可以也留下来？”

省吾在池边叫我。他就是刚才把我和京子推下泳池的一年级学生。我浮在水面，稍稍改变身体的转向，看到省吾的胸口反射着阳光。

“啊，哦，可以啊。你又要练习换气？”

“是的。”

“好！我也留下来帮你特训！”

“咦！真的？”

“真的。”

我和跳进泳池的省吾两个人，目送换好衣服的大家湿着头发离开泳池。

“凌云学长，我真的能学会游一百米吗？”

“怎么这么问？”

“因为我进社团已经五个月了，可是现在还……”

“进来的时候，你连一米都不会游吧？现在呢？”

“现在勉强可以游二十五米了……可是我还是不会换气。”

“哈哈哈！我觉得不换气游二十五米还比较难呢。”

“学长又取笑我！可是，最近我真的很庆幸我参加了游泳社。一开始，我还以为不会游泳的人参加游泳社，一定会被大家笑……”

“谁会笑你啊。在游泳社里不会游泳的人才宝贵呢，哈哈哈！”

“学长果然是在取笑我。早知道就不说了。”

我爬上泳池边，教省吾换气的方法。一两次还换得到气，可是无论怎么看，省吾都像溺水的人。

但是，有人知道溺水者的眼神有多么认真吗？我衷心希望省吾学会游一百米。

“再放轻松一点！慢慢来就好，你头抬太高了。”

“可、可是，我没办法……咳咳！”

“对了，省吾，听说你常自己一个人去看电影？”

“……咳咳、咳咳……嗯、嗯，常去……”

“你目前为止看过最有趣的电影是哪一部？”

“我、我现在没心情想那些！”

“啊，抱歉。”

我并不是想随便教，只是总觉得有些不好意思。只是对于自己身为一个不惜留下来指导不会游泳的学弟的学长，这种立场让我有些扭捏害臊、不好意思而已。

“《麻将放浪记》吧。”

省吾还是回答了我的问题，然后又开始游泳。一旦脸不再夸张地往上抬，省吾游泳的动作也就不再像溺水的人了。即使如此，他才连续换了三次气，手脚的动作便又失去平衡，看不出他是在前进还是后退。

“省吾，既然你会打麻将，下次一起打吧？”

“呃、嗯，好啊……我的姿势是不是很怪？”

“一点都不怪。”

“真希望在后天的纪录会可以游一百米。不知道行不行哦？”

“这个嘛，就不是我能决定的了。”

省吾和我，在空荡荡的泳池里继续练习。

6

纪录会前一天不必练习。我一早就被家里使唤。我家是开酒行的，所以遇到放假的日子，一早就必须补充自动售货机的饮料、整理仓库内部等等，上上下下扛几十个啤酒箱。

十六岁生日那天，爸爸送了我一样礼物。那是每一个十六岁男孩都渴望不已的摩托车，但爸爸送给我的摩托车，是车尾装了货架的50 CC本田CUB。

从那天起，家里就要我骑摩托车送货。但是，这么说也很奇怪，本来骑上这辆装了货架的摩托车，样子看起来应该很差劲，我却不觉得讨厌。单手按住货架上的啤酒箱急转弯的时候，还会感觉到起鸡皮疙瘩的喜悦。有时候，收货的客人会说“你跟你爸爸年轻的时候一模一样”。我想着年轻时的爸爸肩上扛着啤酒箱的模样，冲上陡坡。十七岁的我已经知道，爸爸不如我想象的强壮，而妈妈也不如我想象的美丽了。然而十七岁的我，既没有自己变强的体认，也没有把握能找到比妈妈更美的女孩。

反正，我挺喜欢自己因啤酒的重量而震动的二头肌。

这天，我也是一早就送了两三家货。当我在店后面和老爸面对面吃中饭的时候，浩介上气不接下气地跑来。老爸一看到浩介穿的破牛仔裤就笑着说：

“你这什么牛仔裤啊？叫你妈妈好好帮你补一补！”

“叔叔，这才叫流行。你落伍了哦。”

“什么流行！呆瓜。对了，你来得正好，别只顾着追女人，到我店里帮忙！”

“好啊，不过要付我工钱哦！”

“笨蛋！像你这种三脚猫，有工作做就偷笑了。”

“呜！太狠啦。”

这时候，妈妈听到浩介的声音，连忙走进房里。难得她今天身体状况不错，一早就在店头看店。

“哎呀，你总算回来了。昨晚跑到哪里去了？还没吃中饭吧？来，马上来吃。”

“啊，好。”

浩介乖乖地回答。在场的每一个人，都知道妈妈把浩介误认为我哥哥雄大。我和老爸也只能靠浩介的演技了。只要对妈妈的幻觉稍加否定，又哭又喊的妈妈会闹成什么样，我已经看过好几次了。自从哥哥雄大半年前死于摩托车车祸后，妈妈就变得有点怪怪的。一开始，我还以为她在开玩笑。我还以为妈妈把我或我朋友叫成哥哥的名字，是在开恶劣的玩笑。但是，这个世界上，从来没有单纯的玩笑。

“好了，凌云，还不给哥哥盛饭！”

听着妈妈的声音，我几乎无法呼吸。老爸也束手无策，假装埋头专心挑烤鱼的骨头。

“不用了，我自己来。”

明白内情的浩介羞怯地微笑着，仍暂时假装是我哥哥雄大。

“今晚你要去哪里？晚饭想吃什么？”

妈妈高兴地这么问，听浩介回答“烤个肉吧”，妈妈放了心似的回到店里。

“浩介，真抱歉。”

听我这么说，浩介便安慰我“才半年嘛”。

老爸匆匆喝了茶离开座位。哥哥突然去世，伤心的当然不止妈妈。还有老爸，我……知道妈妈情况不对的时候，老爸说了：

“女人伤心起来和男人不同。要是你妈妈晚饭煮了雄大的份，你就吃掉。什么都别说，把两人份吃掉。”

7

在我们这个坡道阶梯很多的地方，无法骑摩托车送到家门口的人家相当多。我和浩介各自扛着啤酒箱，默默爬上长长的坡道。

“凌，我问你哦，如果啊，我是说如果，如果你的好朋友是同性恋，你会怎么样？”

走在后面的浩介的这句话让我停下脚步，肩上扛的啤酒差点掉下来。浩介连忙伸出一只手帮我撑住，对沉着脸瞪人的我猛摇头：

“不、不是的！你别误会！不是我、真的不是我！”

他摇得太猛，这次换他肩上的啤酒箱险些掉落，我连忙伸手帮他扶住。在通往八景町的长长阶梯上，我们彼此扶住对方的啤酒箱，而令人厌恶的沉默便以这种可笑的姿态持续。

“你绝对、绝对不可以对任何人说！这事关圭一郎的名誉……”

“圭、圭一郎？”

“不、不是啦，你、你、你冷静一点！”

我变调的声音让浩介慌了手脚。

“反、反正，送货的人家就在前面了。先送了货再说。”

说完，我撇下浩介，自顾自开始爬坡。

“等、等等我啊！”听着跟在身后的浩介这么喊，我连额头流下的汗水都不想擦。

“所以呢，怎么回事？你说，圭一郎是同性恋？”

我和浩介在夏日炎炎的漫长坡道上坐下，鹤港尽收眼底。

“也许，圭一郎只是一时情绪不稳定而已。”

“可、可是，你想想看！圭一郎有藤森同学这个女朋友……”

我拦腰打断浩介的话，但立刻想起那件事，所以话说不下去。圭一郎……对藤森同学……一点兴趣都没有。

“好啦，你先听我说。昨天啊，我又跑到圭一郎家去住，然后，你不要吓到哦，圭一郎他妈妈，阿姨离家出走了。”

“阿、阿姨……离家出走？”

我已经失去判断能力，觉得脑浆好像被夏天的太阳煮沸了。

“嗯。听说阿姨突然离家出走了。不过，阿姨离家出走，跟圭一郎的事情没有直接关系就是了。”

“没有关系？那阿姨为什么要离家出走？”

“这我哪知道啊！只是到了晚上，圭一郎突然问我要不要喝酒。”

“喝酒？你……”

“唉，那时候圭一郎心情很不好啊。”

浩介的话没有重点，七零八落拖拖拉拉。简单地说，就是喝醉了酒的圭一郎抱住了浩介。因为彼此都喝了酒，所以浩介也就让他抱住了，但是……

“可是那时候，圭一郎好像勃起了，我觉得有点恶心……”

“然后呢？你讲了半天，就只有这样？”

“没有，不止。”

浩介和圭一郎抱在一起，就这么睡着了。这两个人真的是蠢得可以！半夜里浩介醒来，发现圭一郎正在吻自己，而浩介害怕得不敢睁开眼睛，也就不敢做出任何反应，继续装睡，而事情坏就坏在这里，圭一郎竟把手伸进浩介的内裤里……在我眼前的浩介以浅黑色的脸颊和鲜红色的嘴唇鲜明地描述那一晚的事情，我什么话都说不出来。

“然、然后啊，再下去我实在受不了，就跑走了。”

这根本就是一出闹剧嘛，然而浩介似乎当真把它当成悲剧，双眉之间的皱纹则已超越了滑稽，俨然一副悲剧主人公的表情。

“那不是圭一郎在开玩笑吗？在我看来只是这样。”

“可、可是，要是看到圭一郎那时候的表情，你一定也会吓到的。”

听完整件事之后，我已经完全冷静下来了。

在练习得筋疲力尽的夜晚，有时候身体会情欲高涨到无法控制。我不知道该怎么形容才好，就是全身的皮肤变得非常敏感，像是连吹到来自窗外的晚风都会发痒，又像想拿自己的身体去撞墙，总而言之，就是憋得连吐气都令人心痒难耐。像这样的夜晚，即使连续射精两次，也得不到任何解放，就像闯进日光灯里的虫子一样。但是，内裤里的老二就是不听话地勃起，无可奈何之下，只好脱光衣服，试着以纸门夹住，或是用窗帘卷起身子。反正，就是想触碰自己的手以外的东西，想得不得了。如果墙上有洞，戳进去一定会有人握住它的话，管他是幼儿园的墙也好，养老院的墙也好，我一定会毫不犹豫地戳进去。我想，对圭一郎来说，昨晚一定是那样一个夜晚。

移动脚步的我，没有去想圭一郎和浩介的丑行，转而思考阿姨的事情。为什么阿姨会离家出走呢？我完全想不出原因。虽然是我自己胡思乱想，但越想，脑海里越无法摆脱一个陌生男子的背影，以及淫乱的阿姨的头发。

8

第二天早上举行纪录会。结果，圭一郎没有来练习。浩介对我投以“他是怎么了”的眼神，我假装没有看见。

“好了，纪录会要开始了哦！三个人一组，自己分组！最好跟同项目的人一组。”

我一手拿着码表站在泳池边。拿着纪录表的京子站在我身边，除了负责记录的人之外，所有的队员各自拿着加油棒，移动到方便加油的地方。虽然只是个小小的纪录会，气氛却很热烈。虽然大家抱怨连连，嚷着不想量时间记录，然而一旦站上出发台，却有人会以湿润的双眼、充满不安与期待的眼神望着我和京子。

最先站上出发台的，是一百米蝶泳的女队员中显得最紧张的一个——二年级的美穗。美穗初中时曾刷新县运会纪录，成绩辉煌，但进了高中却陷入瓶颈。照浩介的说法，好像是“因为美穗胸部太大了”。

美穗站在出发台上，为了舒缓紧张放松肌肉，不断地活动手脚，以一脸随时都会哭出来的表情看着这边。京子瞪人般，而我则是微笑般，双双对美穗点头。美穗咬紧牙根点头回应，然后做好预备姿势。

“预备！开始！”

美穗以及同组的人，下水似乎都不错。社员们的加油声，让美穗她们的手臂抬得一次高过一次。来回一圈游完五十米，美穗好像超越了自己的最佳纪录。浩介坐在出发台旁登记每一圈的时间，对完成转身的美穗大叫：

“很好！不到三十秒！不到三十秒哦！”

站在旁边的京子也挥舞着纪录表嘶吼。

结果，美穗游出了自己的最佳成绩。从浩介那里听到时间的美穗，在泳池里哭了出来。由于成绩一直不见进展，美穗为了退社的事找京子谈了好几次，但仍在京子的鼓励之下，每天都来练习。而就在现在，只因减少了短短、短短零点四秒钟的自我纪录，流下了眼泪。我看着美穗的泪水，虽然说不清楚，但隐约觉得“一定就是这样吧”。

美穗的佳绩似乎有了抛砖引玉的效果，大家纷纷在今年最后的纪录会中创下了自己的最佳纪录。除了京子在内的中距离选手之外，女子部分几乎全部游完的时候，指导老师黑木老师来到泳池边。

“看你们好像很舒服的样子，哗啦啦地溅起水花，我偶尔也来换个泳装游个泳吧。”

“我们可不是在玩！”

对于黑木老师一如往常的调调，京子立刻回嘴。

“开玩笑啦。这种天气露出肌肤还得了。我的肌肤可不像京子那么健壮呢。”

黑木老师是英语老师，很不幸地从今年起担任游泳社的指导老师。练习时她几乎不会出现，但如果遇到假日练习，她会突然现身，搭起媲美酒店泳池边的大阳伞和椅子，喝她喜爱的金酒加苏打。话说老师喝的金酒，是一种名为孟买蓝宝石的英国货，是我从家里帮她带来的。

“嗯？圭一郎请假呀？怎么啦，真难得。”

纪录表里圭一郎那一栏画了 ×。

“噢，也许等一下就会来了。”

我有种奇怪的预感，似乎约定不会实现，但我相信这次的纪录会圭一郎不可能不出现。

“对了，阿凌，我有点事要跟你说。”

老师像是故意逗弄京子一般，在她耳边发出娇声，把我带到离大家稍远的椰子树下。京子瞪着老师说“快点哦”。

“我又惹京子生气了？”

“没事的。如果没有像老师这样取笑别人的人，我们这些认真运动的少男少女也就少了一点拼劲。”

老师没有对我的话发笑，而是说：

“我听你的班主任说了，你还是不打算上大学？”

“是的，我是这么想的……”

“如果考得上，去上个大学不是很好吗？去跟女孩子玩个四年嘛。怎么了？是因为家里……”

“不是的，和我母亲没有关系。我只是想继承酒行。”

这时候，我背后泳池那边传来特别响亮的欢呼。回头一看，原本只能游二十五米的省吾，正在五十米的地方转身。

“啊！老师！省吾、省吾他游了五十米……”

我赶到拼命想转身的省吾身边。

“省吾！加油！只剩一半了！”

大家异口同声地大叫。我们看着以简直是溺水般的姿势游泳的省吾，沿着池边跟着他走。

和省吾一起出发的人即将抵达终点。省吾才终于要在七十五米的地方转身。

“好极了！只剩二十五米。”

我在心里喃喃自语，像是要叫自己冷静下来。

太阳就映在用力扑腾的省吾身旁。他双腿挣扎似的打水，气泡浮现，每个气泡都闪闪发光。

省吾正好游到泳池中央。但是，看得出他每划一次水，手脚的平衡便越来越差。省吾一定很痛苦，他想吸气的脸一次比一次更朝向天空。

“省吾！只剩一半！游啊！游到最后！”

这时候，很不巧地，抬出水面准备呼吸的脸旁，水涨了起来。亮晶晶的水灌进了省吾张大的嘴。

只剩下短短的……十米而已。

喝了一大口水的省吾，在剧烈咳嗽中站起来。泳池边省吾呛水的咳嗽声，被大家的叹息声和蝉鸣声包围。

9

结果这天的纪录会里，不止我，浩介和拓次也没有打破自己的最佳纪录，不过成绩也还算令人满意。

在我自己这方面，一百米自由泳游出了五十七秒十的成绩，让我非常满意。但一想到圣玛丽的田岛游出了五十六秒几，我就不能只顾着高兴。

所有队员都游完之后，圭一郎还是没有出现。

正当大家换衣服的时候，我穿着泳衣，小心地把消毒片一个个丢进泳池里。

社团教室里传出二年级原田的喊声：

“凌学长——！那种事我们来就好了！”但接着又听到浩介他们在里面笑着说：

“凌云就是喜欢丢消毒片，不可以打扰他哦！”

的确，一直到去年为止，丢消毒片等杂事都强制规定由学弟学妹做，但没办法，谁叫我就是想做呢。

丢完消毒片，把袋子放进仓库，回到社团教室的时候，除了黑木老师，大家都走了。老师看着教室里摆设的历代游泳社照片，其中也有我哥哥雄大担任队长时的照片。哥哥雄大在三年前的县运会中，以大会新纪录赢得一百米蛙泳冠军。他是我引以为豪，真的非常引以为豪的哥哥，凡是哥哥做的事，每一件我都跟着照做。我想，就是因为这样，我现在才会担任游泳社的队长。

“这个，听说是阿凌的哥哥？”

“是的。一点都不像吧？”

“嗯——哥哥好像比较性感。”

“如果他还活着，今年就二十岁了。”

“是啊……你母亲一定很难过吧，我听说她一直住院……”

“没有，现在在家里了，不过有时候情况还不错，有时候就有点……不能没有人在旁边看着。”

“是吗，才半年嘛。不过，怎么会骑摩托车出事……”

“……”

老师在有些故障的折叠椅上坐下，把快见底的金酒喝完。可能是看惯女队员晒黑的肌肤，老师白皙的肤色显得令人心痛。这事我没对任何人说过，我见过思案桥上黑木老师泪流满面地抱住一个男人。平常老爱说我们不性感、没有魅力，在你们面前喝什么都像喝牛奶，但是那天晚上老师紧抓着不放的男人，即使昧着良心也说不上有魅力。身上穿的西装小了一号，看起来就像那种一放假就整天窝在小钢珠店里的男人。

“老师，不必连放假的时候都勉强来看我们练习。”

“我没有勉强呀！今天要开教职员会议，而且，偶尔也想看看马铃薯们，消遣一下嘛。”

我倒觉得老师抓住的那个男人才像马铃薯。老师打开社团教室的后窗，开始抽烟。

“老师，我可以说件有点没礼貌的事吗？”

“哎呀，真难得。什么事？”

“我看着老师啊，有时候看老师在泳池边喝酒，就会觉得老师好像很寂寞……不对，是很可怜。”

“……当着别人的面这么说，真的很没礼貌。”

“不是每次，偶尔而已啦……”

“看起来很可怜又怎么样？”

“就是……像那种时候，不知道该怎么办……”

“谁该怎么办？”

“我啊。”

老师笑了出来，好像社团教室里突然有风吹过一样。

“很可笑吗？”

“哈哈哈！抱歉抱歉。不过，这个嘛……谢谢你的关心，不过阿凌，你是帮不上忙的。这件事你无能为力。所以，你只要像平常一样，在游泳池里游来游去就好了。”

“……”

“就算是养在水槽里的热带鱼，也可以安慰寂寞的女人呀。”

老师回到办公室，我独自在更衣室里换回学生服。透过玻璃，可以看到阳光灿烂地洒下来。水浸湿了更衣室的水泥地板，有些地方长了青苔。天花板上拉了绳子，晾着大家的浴巾和泳衣，发出浓烈的水的味道。

我往外一看，看见圭一郎站在铁丝网后窥视游泳池的身影。他一定是知道等大家回去之后，我会一个人留下来，所以躲在体育馆后面等吧。消毒剂的味道随着夏天的风吹进更衣室里。

没错，一定就是这样——现在自己能够游出几秒的成绩？这是我们最关心的事，同时也是我们存在的意义。

“圭一郎！你在那里干什么？赶快进来！”

我从更衣室窗口喊叫的声音，像小石头在水面上弹跳一般，传进了圭一郎耳里。圭一郎难为情地低着头，拖着脚步走到泳池边。

“你迟到了！”

“啊，嗯。”

“马上去换衣服！我帮你计时。”

“啊，好。那个，浩介他……有没有跟你说……”

“快去换衣服啦。”

我知道圭一郎想说什么，但是我不想听，我把圭一郎留在更衣室里，到社团教室去拿码表。

一直到圭一郎稍微游了几百米，从水里出来站在出发台上之前，我们之间没有任何交谈。站上出发台的圭一郎问我：

“浩介他们怎么样？游出自己的新纪录了吗？”

“没有，他们两个都没有游出新纪录，不过浩介游到一分两秒多。拓次也不到一分五秒。”

“是吗。那，凌，你呢？”

“五十七秒十。”

“大家情况都不错嘛。好，那我也得打起精神来。”

“好了吗？要开始了哦。”

“好。”

“预备！开始！”

圭一郎专攻蛙泳，在跳水后深深潜入池内，手脚只能动一次，叫作“一划一踢”。蛙泳这种泳式的前进速度，潜入水底时比在水面时快得多，因此规定在水里的划与踢只能一次。

深深跳进水里的圭一郎的身体，如清流中的鱼般顺畅地前进。V字形的波纹在水面上划过。

我站在出发台旁以视线追逐圭一郎奋力的泳姿，看起来简直是和自己在水底的影子竞争一般。圭一郎现在正力战自己的影子。

空无一人的泳池旁，可以听见圭一郎扬起的水花声、我自己的心跳声，以及哀叫般的蝉鸣声。

我用力按下码表。

“几、几秒？”

圭一郎喘着气问。

“圭、圭一郎！太好了！新纪录！你看！”

我让圭一郎看我手心里紧握的码表。看了之后，圭一郎喘着气说“好、好、好”，一直不断点头。

圭一郎竟然把自己的最佳纪录缩短了一秒三。如果能在正式的长泳道里游出这个纪录，圭一郎就可以改写我哥哥雄大留下的大会纪录了。

圭一郎的佳绩所造成的兴奋一时之间无法冷却。我们两个直到换好衣服，在泳池边穿袜子时，都还互击彼此的手腕、腹部来分享这份喜悦。

我每次都觉得，练习结束之后，以干毛巾擦干身体，在清爽的肌肤上穿上衬衫，然后脚滑进鞋子里——没有任何东西像离开泳池时的自己那么洁净。将来，最好是一直到死，凡是有生之日，我都想品味这种感觉。

10

我和圭一郎并肩从校门延伸而出的长长石板坡回家时，刚才的兴奋也没有冷却。这么说也许有人会觉得我伪善，但我能够把别人的喜悦当成自己的一样高兴。如果说我对独自创下个人最佳纪录的圭一郎毫不嫉妒，的确是谎言，但和那种小心眼的嫉妒相比，我打从心里为圭一郎的佳绩感到好几倍、好几十倍的欢喜。

我并不擅长自我分析，但我想这多半是受到哥哥的影响。从小，我就错把哥哥的喜悦当成自己的喜悦。我深信哥哥创下的纪录是自己的纪录，喜欢哥哥的人也会无条件地喜欢我。

小时候，哥哥经常为了年纪最小的我说“不让凌云参加，我就不跟你们玩”，绝对不允许弟弟受到排挤。

我哥哥雄大，就是这样一个人。

“浩介跟你讲我妈离家出走的事了吧？”

“啊，嗯。说是说了，不过……”

“原因我也不太清楚，只是……”

“……”

“我觉得她跟我爸有点不太对劲就是了。”

“跟你爸？可是她总是笑得很开心啊……”

圭一郎的皮鞋敲打地面的声音，在长长的石板坡上响起。炽热的午后阳光，让我们并排在石板上的影子浓得像渗进石头里。

“问你哦，凌，你知道让·科克托吗？一个法国诗人。”

“只听过名字。”

“那，你没看过他写的《白色之书》[1]这本小说了？”

“嗯，当然没有。”

“我跟你说，那里面啊，有一句话是这样说的：‘若父亲当时知道什么叫作喜悦，那么我便能够避免不幸。这样对双方该有多好呢。’”

“嗯……然后呢？抱歉，这什么意思我听不太懂。”

“呃，嗯。看着我爸，有时候……会觉得我跟我爸相像得令人感到痛苦。”

“感到痛苦？既然是父子，像也是当然的啊？”

“呃，嗯……话是没错啦……”

圭一郎的话太过抽象，我完全无法理解。如果有人知道那个叫让·科克托的诗人是个什么样的人，那本《白色之书》又是本什么样的书，父亲没体验到的“喜悦”是什么，“我的不幸”是什么，应该就知道该怎么安慰消沉的圭一郎。

圭一郎陷入沉默。

“喂，你最近和藤森同学联络过吗？”

我试图改变话题似乎是个错误。圭一郎以难以置信的表情看着我，摇头说“算了”，一副原来我说了半天你完全没听懂的样子。

---

1 *Le Livre Blanc*，让·科克托于一九二八年所著，亲自描绘插画之自传性作品，内容暗示父亲与自己均为同性恋者。

11

和圭一郎分手后一回到家，就看到拓次睡在我那张啤酒箱搭的床上。

“放假的时候跑到我家，会被叫去送货哦！”

“呜呜，你总算回来了？我等你等了半天！”

拓次用我的枕头擦口水。真是个没礼貌的家伙。

“对了，来了吗？你留在那里是在等圭一郎吧？”

“啊，嗯，来了来了。”

“那，怎么样？”

“什么怎么样？”

“这还用问？当然是成绩啊！”

我竟把拓次单纯的问题想成别的事情，所以稍微有些脸红。

“对对对！圭一郎创下自己的纪录哦！少了一秒三！”

“真的？圭一郎也蛮厉害的嘛。也对，他游得最卖力了。”

我脱掉学生服，换上方便送货的运动服。边换衣服，边想只有拓次什么都不知道，而他却因为担心圭一郎而在这里等，一想到这里就觉得好喜欢拓次，喜欢得不好意思说出口。

“你要送货到哪里？”

“到铜座，你妈妈的店那边。我载你去吧？”

“哦……不用了，我不想去店里。最近她跟酒保好像有点……载我到半路好不好？”

“哦，好啊……”

拓次的母亲在铜座开了一家小酒馆，店内只能容纳十个客人。看在朋友的分上，拓次的母亲是跟我家订酒的。我送货过去的时候，偶尔会看到拓次的母亲化了浓妆，坐在年轻的酒保腿上。

“喂，你真的不上大学？”

拓次边戴安全帽边问我。

“嗯，不上，我要继承酒行。”

“那，就只有浩介和圭一郎会当大学生了。”

“对啊。你羡慕他们？”

“啊，嗯，有点……”

我发动引擎，一踩离合器，拓次就跳上货架。跨坐在货架上的拓次紧抓着我的背。我没按刹车，就这样滑下通往丸山的下坡路。走在前面的日产CEDRIC排出来的废气笼罩住我们。拓次乱吼乱叫，我从背上可以感觉到他的体温。

“那就只有我和凌会留在这里了。”

拓次的叫声在背后震动。

“一起留在这里，大玩特玩吧！”

我叫着回他的声音，乘着热风往后吹。拓次不上大学的原因和我不同，不是出于自己的选择。人们会说，不要自卑。人们会说，要努力。但是，努力和别人并驾齐驱之后呢……

就好像有人必须跑到起跑点，而有人搭车前来。跑来的人只能喘着气，继续再跑。这种事我可不干。我宁愿跑到不是起跑点的地方，就算没有人聚在那里，我也要跑过去。但是，拓次宁愿喘着气和大家一起跑。我想，他一定是这种人。

“拓次！抓稳了！我要超前面的CEDRIC！”

“呜哇！别啦、别啦！对面车道有车！”

50 CC的CUB冲到反向车道，对面的车气急败坏地朝我们狂按喇叭，一边猛催油门加速。在我们旁边的CEDRIC也不甘示弱地加速，不让我们超车。摩托车和白色的CEDRIC并排着滑下长长的坡道。反向车道的车已近在眼前。即使如此，我还是没有减速。

CEDRIC的驾驶终于踩了刹车，白色的车身往我们身后流动。在千钧一发之际，我的摩托车回到原本的车道上，避开了与对面车道的车冲撞。

12

高中生活最后的暑假结束，新学期开始了。寒蝉终于取代油蝉和熊蝉鸣叫了起来。

练习量比暑假的时候少，跳水和转身等技术性练习增加了。

暑假发生的事情，并没有因为新学期开始便获得解决。

圭一郎的母亲依然没有回家，而且行踪不明。浩介到现在还以为圭一郎是同性恋，在旁边听他们两人的对话，不自然得可笑。一整个暑假，圭一郎好像都没有和藤森同学见面，新学期在走廊下错身而过时，藤森同学身上发出一种欲拒还迎、难以形容的味道。

“凌云！好消息！好消息！”

放学后，我正走在渡廊上，准备到泳池去的时候，京子从背后叫我。

“干吗？叫这么大声，你交男朋友啦？”

“交男朋友有什么好大惊小怪的。你可别惊讶哦！之前你拜托大田黑老师的事情，听说OK了。刚才老师……”

“我拜托老师的事情？你是说？”

“对，老师答应让省吾也报名县运会了。”

“真的？好好好好！这样所有的人都可以参加了吧？”

“嗯，大家都能游了！”

之前，我曾一再拜托担任体育总指导的大田黑老师。我们学校的游泳社队员人数相对较少，县运会虽然规定一个项目只能有四人报名，我们还是可以全体参加。但一直到最后，老师还是反对无法游完全程的选手出赛。

但是，我相信我们队员之间的感情，即使省吾无法游完全程，大家还是能为省吾绽开由衷的笑容。

其实，我必须在今天练习时发布最后的报名名单，所以正烦恼着不知如何面对唯一无法参赛的省吾。这时竟来了天大的好消息，真恨不得去疯跑几圈。

到了泳池之后，不知道消息从哪里走漏，大家都来问省吾的事。

“喂！凌云！听说省吾可以去了，真的吗？”

浩介从泳池的另一边喊道。队员们好像要赶过他的叫声似的，全部一起冲过来。而省吾人在最后、仿佛躲在大家背后一般，以畏怯的眼神看着我。

“省吾也可以出赛吗？”

挤在最前面的拓次迫不及待地问。全场鸦雀无声，咽着口水等着我回答。我对着在大家身后目不转睛地望着我的省吾微微一笑。

“呜哇——！”

浪涛般的欢呼声响起，大家一起将视线投向省吾。省吾扭扭捏捏地说：

“可、可是，不知道能不能游完……”

这时候，省吾已经被大家抬起来，一转眼便扔进泳池里——身上还穿着学生服。

13

游完七千米，离开泳池的时候已经七点多了。新学期开始后，太阳下山的时间也一下子变早了。飞机云横挂在天上，好像要划破西方的天空一般。从泳池看见的街道有如被染红的落叶，远远能听见乌鸦的叫声。泳池旁的水泥墙、校舍的墙壁、铁丝网，还有列队队员打湿的身体，全都染成了暗红色。我以清爽的心情，发布县运会的参赛项目。

“……而最后一项混合接力，仰泳是拓次，蛙泳是圭一郎，蝶泳是浩介，自由泳是我。总之，这样所有的人都要参加比赛了。大家要加油！好不好！”

“好！”

难得大家的回答整齐划一。那天，大家离开泳池回家之后，我和京子两个留在社团教室里，在参赛者名单里填大家的名字和最佳纪录。如果说一个字一个字用心写就太夸张了，但我们的确写得很认真。

写完女子部分之后，京子喃喃地冒出一句：

“不过，能和凌云一起当游泳社的队长……真好。”

我有些难为情，无法好好回答，便制造出一阵沉默。京子自己突然对这阵沉默发慌：

“你、你别误会哦！”

然后用全力打了一下我的背，多亏这样才结束了刚才那奇怪的氛围，我差点就要对着京子的脸颊亲下去了。

一走出社团教室，竟然看到藤森同学独自站在泳池入口。

“小藤！你要找圭一郎吗？他已经回去了哦！”

京子大声喊着，向藤森同学跑去，不知道说些什么。我正在为社团教室上锁的时候，听到背后京子的叫声：

“那我先走了哦！”

我回头的时候，就只看到藤森同学。我让钥匙叮当作响，走到藤森同学身边，藤森同学低着头说：

“对不起哦，我又来找阿凌商量了。”

我想，这大概就是女人的味道吧。藤森同学的头发果然发出一种欲拒还迎的味道。

“我先把这串钥匙还到办公室。你等我一下。”

“啊，嗯。那……我在公交车站等。”

“我马上过去。”

我一路飞跑到公交车站时，藤森同学正独自坐在长椅上。书包端端正正地摆在膝上，十根雪白的手指按住书包似的放在上面。

夕阳已经被稻佐山与夜空击垮，四周变暗了。

“一到了这种时间，果然连半个人影都没有。”

我尽可能自然地在藤森同学身边坐下。

“大家大概都回家了吧。”

“藤森同学的家在晴海台那边吧？我送你回去。”

“啊，可是……”

“没关系没关系。在公交车里面窗外景色会变化，要谈什么事也比较方便吧？”

“……”

“呃……也没那种事吧！”

藤森同学总算笑了。

往晴海台的公交车正好来了。车里没有别人，我们并排坐在最后面的座位。自动门关上的声音，在空调开得很足的车厢内响起。

“下星期就是县运会了对不对？我会去加油的。”

“咦！真的吗？你会来？”

“当然！”

为这句话喜不自胜的我真是丢脸。我搞错藤森同学加油的对象了。

公交车定点在每个站牌停下，但似乎没有任何人要上车。这条公交车路线几乎是我们学校的学生专用的，也难怪这么晚了没有人搭，但总而言之，没有任何事物来打破这阵沉默。

照亮车内的廉价日光灯不时咔嚓咔嚓地闪烁。

“我这个暑假一直很寂寞……”

一直低着头面向下方的藤森同学突然开始说话。

“结果，圭一郎完全没有跟我联络。他对我已经……”

“……”

“对不起哦，这些话我只能跟阿凌讲，没有别人可以商量了……”

“哦，这个你不必放在心上。不过……”

我很烦恼，不知该不该把已经爬上喉咙的话说出来。其实圭一郎的母亲离家出走，圭一郎自顾不暇——只要我说出这句话，就能化解藤森同学的伤心。明知如此，我还是没有勇气说出这句话。

“我呀，连自己为什么会这么痛苦都不知道。”

该怎么回答这句话，我完全没有头绪。一个女孩子因为我的好友前来寻求帮助，而我却只会让她自说自话。对自己的不中用，我自己都感到又惊又气。

藤森同学在公交车的晃动之下哭泣。

这真的是圭一郎说很脏、很想做爱的女孩吗？

结果，我们就一直任公交车摇晃，晃到晴海台的入口。当公交车就快抵达终点站的时候——

“不过，能和你谈谈，我觉得心情轻松了点。我常有这种感觉。嗯，半夜里想圭一郎的事情想得很难过的时候，我总是会想起你的脸。然后，也许对你来说是个麻烦，但我一想到可以去找你商量，心情就会比较平静，也睡得着了。总觉得我好像是为了找你商量而烦恼似的。我是不是有点怪？”

“就算没有什么烦恼，只要藤森同学愿意说，我随时都愿意听。”

总算抬起头来的藤森同学，露出一丝微笑，说“谢谢你”。

我好想握住藤森同学放在膝头书包上的那双白皙的手。至于会背叛圭一郎的心情，很遗憾，一丁点儿都没有。

“下一站是终点站晴海台。”

车内这样广播的时候，我终于握住了藤森同学的手。藤森同学什么都没说，只是静静地凝视着我晒黑的手指重叠在她自己的手上。

我心里很急，觉得应该要说些什么，可是越急就越想不出来，脑袋一片空白。窗外出现了公交车站，速度放慢的公交车缓缓滑入了车站。车门随着放气声打开了。

“我、我下次……可以再送你回家吗？”

我以壮士断腕的决心，放开藤森同学的手。站起来的藤森同学什么都没说。在我们下车的同时，司机伯伯也下了车，走向自动售货机买烟。

我目送着藤森同学的背影，整个人焦灼不安，后悔自己怎么会说出这种话。这时候，藤森同学突然回过头来喊：

“阿凌！谢谢你！”

我夸张地用力挥手回应。我能做的就只有这么多。在上车之前打算说的话，还说不到十分之一。如果是比谁扭捏的话，我保证能够晋级全国大赛。

司机伯伯回来，告诉坐在长椅上恍神的我：“已经没有公交车了哦，这是最后一班了！”

伯伯点着烟往我身旁一坐，说：

“我可以载你到中央桥车库。好了，快上车吧！”

看我一脸忧郁地上了车，伯伯问我：

“被甩啦？”我没回答，在驾驶座后面的位子坐下。在漆黑的县公路上孤零零地发光的公交车中，我一直望着自己的手。回到驾驶座的伯伯边发动引擎边对我说：

“同学，十年之后你最想回来的地方，一定是这辆公交车里！仔细看清楚，好好记住吧。你现在就在将来最想回来的地方哦。”

真是莫名其妙。

司机伯伯让我在中央桥下了车，我想走到中岛川旁的大防波堤那边。不经意地抬头往陆桥一看，圭一郎的妈妈正慢慢地走在上面。我连忙过了红绿灯，跑上楼梯。阿姨已经要从反方向下去了。我跑上来的这座行人陆桥上，被小钢珠店的霓虹灯染成粉红色。

我准备从陆桥上叫住阿姨。但是，这时候黑木老师的话突然出现在脑海里。

“谢谢你的关心，不过阿凌，你是帮不上忙的。这件事你无能为力。”

结果我没出声就走下陆桥，在没有穿围裙的阿姨之后几米，仿佛踩在她的脚印上似的跟着她。

阿姨没有回头，一步步走得很专注。从后面望过去，阿姨的背影看来很娇小，不时换手拿的纸袋显得沉重。在县厅坡右转的阿姨，走进市场里。在鲜鱼店、蔬果店、精肉店前停留了好长一段时间，结果什么都没买，便离开了市场。

我想，我在阿姨身后跟了有三十多分钟。阿姨正要走进一家门口放了水桶的商务酒店时，我真的很想叫住她，但还是找不到该说的话。

我回到公交车站，觉得自己好像遗弃了阿姨，便拿黑木老师的话出气。说不出的话，变成杂质在胸口沉淀，真想从喉咙伸手进去抠出来，抠到破皮流血为止。

公交车站还有一个戴着猎帽的老先生。虽然我也不知道自己想寻求些什么，却忍不住对他说了一声“晚上好”。

一时之间，老先生露出了惊讶的表情望着我，不过仿佛正逮到机会似的，指着时刻表问我：“同学，往‘田上’的公交车还要几分钟才来？”

“我看看……”

“我忘了戴眼镜出门……”

“还要……十五分钟。”

“还要十五分钟这么久啊？那就没办法站着等了。”

老先生往后面的长椅一坐，脱下帽子抓头。我看时刻表找自己要搭的公交车，正巧和老先生要搭的那班同一时间到。心想不知道谁的车会先来，我做了一个决定，如果是我的先来，就把阿姨的所在告诉圭一郎。

“同学，你是体育社团的吗？”

老先生坐在长椅上抽着烟。

“我是游泳社的。”

“游泳啊……在伯伯那个年代，还曾经穿兜裆布游到鼠岛[1]，现在已经游不动了，而且海也脏了……”

老先生和我讲话让我有种莫名的高兴，便坐在他身边，老先生却露出一丝嫌麻烦的表情，移了移位子。即使如此，我还是对着意兴阑珊、以“嗯——”“哦——”应付的老先生，说起自己是县立高中游泳社的队长、专攻自由泳、今年成绩进步了几秒等等。

“游泳池的水跟海不同，很快就脏了。像体育课开始上游泳课的时候，一天就有几百个学生下水，等到我们放学去练习，水面上都浮了一层油，连水底都浊了。还有些笨蛋头发上擦了摩丝就直接跳进去……”

“摩丝是什么东西？”

“擦在头发上的像发油一样的东西。”

“……现在几分了？”

“啊，就快来了。”

这时候有喇叭声响起，老先生要搭的公交车来了。我决定不把阿姨的所在告诉圭一郎。我问从长椅上站起来的老先生：“你知道如果要把游泳池的水全部换掉，要花多少天吗？”

老先生说着“不知道”便上了公交车。我依然坐在长椅上，想象着浮着油脂的水面下降，混浊的水形成旋涡，不断

1　位于长崎港入口，一九七三年前为长崎游泳协会所在地。

被排水口吸出去的样子。

14

到了县运会前三天，我突然坐立不安。与其说是坐立不安，不如说是对任何事都感到焦躁难耐。像是队员们集合速度慢、练习时废话多，诸如此类过去我从不曾在意的事情都让我懊恼，简直就像站在愚蠢群众面前拼命倡导革命的领导人，独自出洋相。

队员们完全无视这样的队长，照旧我行我素。悠哉的学弟学妹怕无故遭殃，对我避之唯恐不及。

浩介、圭一郎和拓次似乎也无暇顾及我的暴躁，练习转身和跳水练到很晚，自顾自地激励斗志。

结果只是我没有注意到而已，其实社内紧张的气氛已经到达最高潮。只不过每个人情绪激昂的方式不同而已，但我们眼里看得到的，就只有三天后即将举行的大会的电子告示板。从早上睁开眼睛到晚上闭上眼睛，没有一秒钟不是在想象游泳的样子。我们各自准备冲向三天后即将来临的舞台。

大会的前一晚，送完货，我和老爸两个人正吃着晚饭时，老爸有气无力地低声说：

“可能已经不行了。”

我只能回答"……嗯"，我已经明白老爸要讲什么了。

"连看店都没办法了……"

据说今天下午有客人对正在看店的妈妈说"你儿子的事真是遗憾啊"，妈妈惊讶不已，客人继续说"竟然骑摩托车出事走了"。妈妈拿起身边的扫把，一直打那位客人，打到身上瘀青。所幸客人心地善良，愿意当作没这回事，但吓得不轻的爸爸将妈妈关进了二楼的房间里。

妈妈现在也在上了锁的二楼房间里不时大声尖叫。老爸下定决心，要送妈妈住院。

"明天要比赛了吧？"

老爸要转移话题似的问我。

"雄大在前一天晚上，也跟你一样心浮气躁的。"

"咦！哥哥也会？"

"对啊，雄大也跟你一样。还问我要怎么做才不会紧张。"

"那爸你怎么回答？"

"嗯，我记得我是说进场的时候，要抬头挺胸。我好像是告诉他，既然身为队长，在走过会场大门的时候，就叫大家列队，排成一列，抬头挺胸地进场……不要把比赛放在心上，想象着回来的时候，抬头挺胸地离开那里的样子，堂堂正正地走进去。"

我没有回答，默默地听着老爸的话。我的名字叫凌云，凌驾于白云之上。有一些云，是我必须超越的。像是飘浮在夏日天空中的雄大云[1]，以及以强大著称的浓积云。

我洗了碗，上了二楼。开了锁，悄悄打开门。只看到铺在地板的垫被上，有妈妈散乱的头发。妈妈盖着棉被，不断地说话：

“那个混蛋，竟然说雄大死了。我拿扫把打了她哦。谁叫那个笨蛋说雄大死了，怎么会有那种人啊，咒别人的儿子死。”

我听着妈妈闷在被窝里的声音，轻轻关上门，以颤抖的手指上了锁。然后在心中低语：“妈，明天的比赛，我会好好努力的。”

15

大会第一天。只有阳光依旧穿着夏天的衣裳，汗水与风有着秋天的味道。游泳比赛的赛程共四天。前两天是男女预赛，第三天是女子决赛，而最后一天，就是无论结果如何都必须面对、决定我们命运的男子决赛。

搭学校包租的公交车抵达会场之后，我把所有队员集合起来。身穿清一色深蓝运动服的队员们，以紧张的神情排成

1　雄大云为日文说法，即积云，发展更为成熟庞大者则为浓积云。

一列。

“听好了！我们现在要开始入场，大家排成一列齐步走，行进入场！”

“咦——！齐步走？太丢脸了吧！”

“吵死了！反正排成一列行进入场！每个人都要抬头挺胸！走的时候想着自己离开这个会场会是什么样子！听好！想象着离开会场的时候，仰首阔步回家的自己！知道了吗！”

“是——！”

我拼命压抑胸口剧烈的跳动，站在大家前面。排在身后的浩介调侃我：“你中了什么邪？”我无视他，抬头挺胸迈出步伐。

其他学校的选手正散漫地进场，停下来看我们的行进。有人指指点点地笑，也有人毫不掩饰地露出厌恶的表情。我担心排在我身后的队员，回头去看，大家对别人的中伤和揶揄都没有畏怯的模样。不管是京子，还是浩介、拓次和圭一郎，以及跟在我们后面的学弟学妹，大家都以充满自信的表情大步前进。

16

除了美穗在一百米蝶泳因违规而失去参赛资格外，女子预赛极其顺利。其中，京子竟以第一名通过预赛。的确，没有选手会在预赛便使出全力游四百米自由泳，但我在为从头到尾都没有被任何人赶超的京子加油时，自己的身体也热了起来。

大会第一天女子预赛结束的时候，我们社团气势如虹，如上天际。

第二天举行男子预赛，浩介、拓次和圭一郎都顺利晋级决赛。遗憾的是，和他们参加同一项目的学弟没有任何人晋级，但每一个人都刷新了自己的纪录。

第二天的最后一项比赛—— 一百米自由泳预赛开始了。报名这个项目的，有我、二年级的原田以及一年级的省吾三人。预赛是以报名登记成绩的快慢平均分配到各组，而我和省吾正巧都被分到第三组。

“凌云学长，不行，我还是不行。我不可能游完全程的。”

在等候比赛的帐篷内，坐在我身旁的省吾全身发抖。圣玛丽的田岛被安排在刚才结束的第一组，我一心在意他的成绩，眼睛死盯着电子告示板不放。

“凌云学长，我还是弃权好了……”

“先、先不要讲话！”

五十六秒七六，圣玛丽的田岛在预赛里游出了不到五十七秒的成绩。加油席的欢呼声突然变大了。那是我们队员为排在第二组的原田加油的声音。尽管人数比其他学校少，加油声却大得令人脸红。我想原因是我们摒弃了一直延续到去年的固定加油方式，决定让大家放声加油的关系。原田挥舞双手回应大家的声援。在出发台上其他选手的严阵以待之中，原田搞笑的态度显得更醒目。

“原田！来个后空翻！”

我在帐篷里喊道，原田转过身来朝我一笑，从出发台上跳起来，向后腾越一圈入水。观众席爆出一阵大笑。

工作人员立刻赶过去对原田严正警告，也立刻有指导老师来找我这个出声指使的人，冷冷地加以警告。

“对不起，我没想到他真的会跳……”

旁边的省吾看着我挨骂，拼命忍住笑。

“喂，省吾，今天天黑之前，要游完一百米哦。我可等不到早上哦。”

“要是只有我一个人游得那么慢，大家一定会笑我的。”

“放心、放心，等你游到终点的时候，大家都已经回家了。”

“学长，你多少也鼓励我一下嘛。”

游泳池里，原田已经游完了。从帐篷看不到池里的情况。从电子告示板上显示的成绩来看，很遗憾，原田无法晋级决赛。

“好！第三组选手就位！”

听到工作人员的声音，我和省吾猛地站起。和其他选手并排着走向出发台的时候，已经游完回到帐篷的圣玛丽的田岛对我说“加油！”，我举起一只手作为回应。

选手介绍完毕，站上出发台。由于是预赛，我并没有那么紧张，倒是有些在意站在最靠边泳道的省吾。

从出发台上眺望泳池的景色，堪称一绝。风吹起的小小波浪反射着太阳。我喜欢游泳池，比海更喜欢。游泳池没有海所具有的凶猛哲理，也没有粗暴的情操。简单一句话，游泳池一点男子气概都没有。而且，最重要的是完全不会咄咄逼人。清净、淡泊，并且没有危险的游泳池，很适合我。

哨音响了。往出发台上一站，我有时候会这么想：

（什么事都一样，每当要开始做一件事的自己……）

“各就各位！预备！”

（每当要开始做一件事的自己，是最胆小，也最勇敢的。）

“开始！”

我以最完美的起跳入水。手心拨水，身体破水而前。

在游完五十米转身时，我感觉游刃有余。我确定自己游在最前面，甚至感觉到身体随时会乘势越出水面。

以几乎要撞上池壁的力道抵达终点，回头一看电子告示板，我的成绩列在最上面。

观众席传来大家的欢呼声。五十六秒九九。

我终于突破五十七秒大关了。虽然没有超越圣玛丽的田岛，但以第二名通过预赛。

正好在这时候，观众席也出现笑声。我立刻往省吾的泳道看，总算转了身的省吾，几乎像溺水似的游过来。

我连忙爬出泳池，跑向省吾的泳道。

“游完的人回帐篷！”

我挥开警告我的工作人员的手，大声向省吾叫。

“来！来我这里！”

来，来我这里。等你来到这里，我会把你从泳池里拉起来。把每一个笑你的人都踢开！来！来我这里！

换气的角度越来越朝向天空。手脚的平衡越来越乱。省吾在水中挣扎的身体就要来到眼前了。就要来到眼前……

观众席的笑声化为沉默。我知道拉着我的手的工作人员的手使了力。省吾抬出水面的脸，因为痛苦与希望而扭曲变形。

还有十米。我闭上眼睛。

观众席传来秋风般的掌声。我缓缓睁开眼睛，往泳池里看，省吾的脸就在那里。有生以来第一次游完一百米的人的脸，就在眼前。

省吾一定痛苦得喘不过气来吧，他嘴巴动着，无声地叫“凌云学长”，好不容易才呻吟般说，“我游完了哦。”

我心想，我才不要哭，却泪流不止。

17

大会第三天的项目结束了。京子在决赛里果然不断被超越，最后得到第六名。晋级二百米决赛的美穗有如要挽回名誉般，刷新了自己的纪录，拿下第二名。混合接力也得了第三名，结果女子团体得到了光荣的第三名。

回程前大家围成一圈的时候，比完高中时代，不，比完这辈子最后一场比赛的京子，向大家说最后一段话。

"真的很感谢大家的加油。这次大会让我最高兴的，不是得到第三名，而是别的学校的选手对我说，她真的很羡慕我们学校的加油。我们学校的游泳社完全没有纪律可言，一点也不严格，但是我们的加油最团结、最……真的，真的谢谢大家拼命地加油。"

京子终于哭出来了。学妹们叫着"京子学姐、京子学姐"来安慰她，束手无策而茫然呆立的男子队员当中，也有人为京子的含泪发言而湿了眼眶。

看到京子的眼泪，浩介说"原来母老虎也有眼泪"，这句话反而让京子重新振作起来，最后京子大声说：

"总之，明天就是男子决赛了！大家要大声加油！喊到没有声音！喊到喉咙出血，喊到阿凑他们晋级全国大赛！好不好！"

"好！"

18

大会最后一天早上，我五点就醒了。心里着急应该再多睡一会儿，却一直睡不着。我怕吵醒还在睡梦中的父母，蹑手蹑脚地下了床，到厨房喝水。透明玻璃杯里的水映着朝阳，闪闪发光。通过喉咙的水冰凉、洁净，我连喝了两杯。

回到房间，坐在哥哥的书桌前，打开堪称《圣经》的哥哥的日记。我翻到日期为三年前大会最后一天的那一页，开始读。

早上很早就醒了。今天是最后一场比赛，我却非常镇静。一早便坐在书桌前写这篇日记。凌云还在我眼前睡觉。他兴冲冲地说今天要来帮我加油，不知道他起不起得来。看着凌云的脸，我才突然想到，真的有这么重要吗？在这场大会里赢得胜利，真的很重要吗？游到无法动弹，对成绩执着到想哭，无论做什么事，脑子里都抛不开成绩和游泳社这两件事。这一年来我拼了命努力去做的事，有那么重要吗？

但是，总之今天是最后了。是我最后一天当队长，最后一天待在游泳社。我尽全力做的事情究竟重不重要，我想，等今天游完就会有定论。而一年后、五年后，甚至十年后，我想我就会知道今天的事情有多重要了。

我想，今后的人生，是由我选择带着哪些东西走下去来决定的。我带着什么样的心态走下去，会决定我的人生。

或许，今天游完的瞬间，会是我人生最灿烂的时候。人生那么长，最灿烂的时候会在这么早的时期就来临吗？然而即便真是如此，最高纪录也是为了被打破而存在的。

19

大会最后一天，过了中午，几乎所有的项目都接近尾声。拓次在早上举行的一百米仰泳游出自己的新纪录，得到第三名。如果能在最后的混合接力游出这个成绩，我们或许就能胜出，然后就可以四个人一起参加全国运动会。

圭一郎和浩介虽然没有刷新自己的纪录，但也顺利地以第三名和第二名站上颁奖台。一百米自由泳决赛前，省吾跑到我身边。

“凌云学长！我跟你说，我去量了圣玛丽的田岛的臂长，发现他的比凌云学长短了三厘米！所以，如果学长跟他游并排的话，学长就赢了三厘米吧？”

“哈哈哈！省吾，问题没有这么简单哦。”

“可是，预赛的成绩学长也只跟他差零秒二三而已吧？既然这样，最后要比的可能就是手臂的长短。”

“的确，如果肩膀在同一个位置的话，谁的手臂长谁就赢了，只不过……我能跟他比肩吗？”

“学长怎么可以示弱！”

“您说的是！对不起！我会努力的！”

“很好！”

一百米自由泳的决赛开始了。站上出发台的时候，为了镇定心情，我的视线在观众席上转了一圈。

撑着白色阳伞的妈妈出现在最后一排的座位。在她身边，是双手在胸前交叉的爸爸。这次大会结束之后，妈妈大概就会被送进医院。然后，我就要和爸爸两个人经营酒行。

藤森同学来到加油席，正和京子说话。其实，从那天之后，我每天都送藤森同学回家。我已经习惯在公交车里牵她的手，现在也开始稍微触碰比手更进一步的地方。大会的前一天，可能是很在意吧，藤森同学在晴海台的公交车站帮我剪了指甲。当指甲再次长长的时候，我一定不再是处男了吧。

“各就各位！预备！开始！”

先说结果。在个人项目一百米自由泳当中，我还是输给了圣玛丽的田岛，得到第二名。在终点前看到旁边的田岛的侧腹时，我就输定了，但我们都游出了少于五十六秒五的成绩，留下一场双双打破大会纪录的精彩比赛。往后，我不会再以个人身份和田岛交战。比赛结束、离开泳池之后，田岛一边跳动着挤出耳朵里的水，一边放话说：“怎么样？输在最后的最后心情如何？”我很想反唇相讥，但没想到眼泪竟然冒了出来。所幸整张脸都是湿的，眼泪并不明显。

下午三点，广播终于呼叫最后一场比赛——混合接力。我们四个人，浩介、圭一郎、拓次和我，一语不发，默默地到帐篷集合。在帐篷的长椅并肩坐下的时候，也没有任何人开口。紧张到达顶点。光是与空气接触，全身就像伤口般刺痛。

这时候，低着头的圭一郎突然出声说：

“凌云！上次藤森来跟我说要分手，好像是喜欢你。你竟然背着我偷我的女人。”

霎时间，我脑海里想起的不是藤森同学，而是隐身于廉价酒店的阿姨。

“我才没有！你被甩自己也有责任！”

“别、别吵了！怎么突然在这个时候……”

拓次连忙来制止，我却反咬他一口。

“要怪也应该怪圭一郎好不好！是他先开口的！拓次你凭什么说我？每次都只会看别人脸色，不能上大学有那么严重吗？”

“怎、怎么又扯到大学去了？你有病啊！”

说着拓次想揪住我，浩介连忙制止他。

“浩介！妈的！放手！我才不想被你这种淫魔碰到！”

“你、你说谁是淫魔？”

这次换拓次和浩介揪在一起，圭一郎去把他们分开。

“同性恋滚一边去！”

因为浩介的这句话，拓次平息了怒气，反而是圭一郎和浩介大眼瞪小眼。

工作人员听到我们的吵闹，跑了过来。坐在旁边的其他选手，包括圣玛丽的田岛在内，都压低声音笑了。

20

结果，选手介绍在怒气未平之中结束。观众席的加油声也好，广播的声音也好，全都让我们焦躁。

第一棒泳者拓次进入泳池，做出仰泳的出发姿势。拓次一脸认真地抖动手臂，大叫：

“反、反正，比完这场我就要跟你们绝交！可恶！你们这些人实在很可恶，但是我要游！我一定要赢！”

拓次的这几句话，好像狠狠给了我们几拳。

“各就各位！预备！开始！”

拓次从水面上跳起，以反蝶式潜进水中。在泳池中央浮出水面的时候，拓次与圣玛丽的选手并列，竟然游在最前面。

“呜、呜哇——！冲啊！冲啊！拓次！”

我们高声大叫。大家的加油声近得都快震破鼓膜。第二棒泳者圭一郎脱掉运动服，站上出发台。我对回头望的圭一郎用力点头。

在五十米的转身之后，圣玛丽的选手稍微拉开了与拓次的距离。第三名的西高的选手，也慢慢追上拓次。

“拓次！”

浩介的叫声沿着第四泳道朝拓次前进。

拓次以一个头的距离领先西高的选手，第二棒圭一郎入水。深深潜入水中的圭一郎浮出水面的时候，圣玛丽的选手在射程距离之内。有一段距离，但也许追得上。

拓次爬出泳池大口喘气，我什么都没说，把浴巾扔给他。

圭一郎逐渐靠近圣玛丽的选手。转了身再度潜进水中，在泳池的另一端冒出头来的时候，终于追上圣玛丽的选手了。

浩介站在出发台上深呼吸，隔着他的背影，可以看到圭一郎和圣玛丽的选手一齐朝这边游过来。

浩介和圣玛丽的选手几乎同时跳水。他们和第三名之后的选手拉开了一段距离。我要上出发台的时候，视线和站在旁边的田岛交会。田岛以充血的眼睛瞪着我。

“凌云！”

京子格外响亮的声音从观众席上传来。我闭上眼睛，吐了两大口气。圭一郎和拓次好像躲在我身后偷看似的，为浩介奋力的泳姿扯开嗓门大叫。

口好渴，嘴里好干。我一次又一次吞口水、舔嘴唇。

蝶泳的浩介兴起大浪游来。为了紧跟圣玛丽的选手，以搏命的姿态游着。我做好出发姿势。然后，像每天都留下来练习那样，让自己的呼吸配合往这里游过来的浩介的呼吸。

再三下、两下、一下。

跳进水里的时候，泳镜进了一点水。每次抬头，水就跑进眼睛。在五十米转身之前，由左方换气的我，是看不见旁边的田岛的。

游完五十米转身。我切实地拨着水，切实地踢着水。我的身体切实变成了水。

转身浮上来的时候，田岛的身体就在我旁边，看来位置与我完全相同，手脚也以几乎相同的速度、频率动作。泳池中央的红线在水底出现了。

还有二十五米。

在水面换气的时候，光的六角形余影看起来好像连接着天空。我看到在光的另一头挥手的京子他们。我和田岛齐头并进，感觉身体似乎随时都会飞出水面，浮到半空中。进了水的耳朵，听到大家的加油声。京子的、藤森同学的、爸爸的、妈妈的，还有哥哥雄大的……

触摸终点的时候，我的身体确实和田岛在同一条线。我们的肩膀在同一个位置，分毫不差。

我从水里抬起头来，溅起了水花。四散的水花尽头，坐在出发台旁的拓次呆望着电子告示板，浩介和圭一郎在他身后抱在一起。欢呼声传入进了水的、湿漉漉的耳里。

也许，现在这一瞬间将成为我人生最灿烂的时刻。然后，为了打破这个最高纪录，我要继续活下去。

……我回头……看了电子告示板。

文
景

Horizon

社科新知 文艺新潮

最后的儿子

［日］吉田修一 著 刘姿君 译

出品人：姚映然
策划编辑：廖 婧
责任编辑：廖 婧
实习编辑：上官良子
营销编辑：王园青
封面设计：山川制本 workshop
版式设计：董雪晴

出 品：北京世纪文景文化传播有限责任公司
（北京朝阳区东土城路8号林达大厦A座4A 100013）
出版发行：上海人民出版社
印 刷：北京盛通印刷股份有限公司
制 版：南京展望文化发展有限公司

开本：890mm × 1240mm 1/32
印张：6.25 字数：117,000 插页：2
2019年7月第1版 2019年7月第1次印刷
定价：39.80元
ISBN：978-7-208-15923-5 / I · 1830

图书在版编目（CIP）数据

最后的儿子 /（日）吉田修一著；刘姿君译．—上海：上海人民出版社，2019
ISBN 978-7-208-15923-5

Ⅰ．①最… Ⅱ．①吉… ②刘… Ⅲ．①中篇小说—小说集—日本—现代 Ⅳ．①I313.45

中国版本图书馆 CIP 数据核字（2019）第 122512 号